蝴蝶森林

杜虹——著

自序

走入墾丁熱帶叢林進行蝴蝶研究，匆匆已過十餘年。

在此之前，因為鮮少深入荒僻叢林，我的文字並未在這片地域耕耘，然而一旦入林，那無人野地的種種，便時時衝撞我的眼和心，我知道藉此機緣，應該用文學之筆記錄下這少為人知的墾丁荒野。無奈自然科學論文寫作與文學創作的思維向線迥異，我難以在其間自由去來，文學作品產量清瘦，這本書竟前後經歷十年才完成。

《蝴蝶森林》書寫的是墾丁，卻不是一般人所熟知的「墾丁」。這些年來，因為研究蝴蝶又從事蝴蝶保育工作，書中自然遍布蝶影，除此之外，也描述了在林間相遇的人事物。書分四卷：卷一「尋找鳳蝶之家」是在墾丁山野遍尋保育類蝴蝶棲所時的人與環境互動；卷二「叢林去來」是設立百餘處蝴蝶研究樣點後，不斷進出蝴蝶森林的情節；卷三「山丘上的部落」敘述的是鄰近蝴蝶森林的「社頂部落」故事，我因不斷進出叢林而結識這個社區，又因工作長年與這社區相伴，於是側寫了這個部落十年來的變化；卷四「無盡藏」是大自然織錦，吐露蝴蝶森林中的種種精采。

這些年來，我的目光收集著蝴蝶森林中的種種精采，而森林，也吸納了我這段生命裡的種種情緒，我彷佛成為叢林的一份子，自在愉悦地與林中萬物一起呼吸，並深刻聆聽四季流轉的自然祕語。叢林的故事，是說不盡的，我仍會繼續在其中探索，並訴說叢林令我轉譯的故事。

這場叢林洗禮，鍛鍊了我的韌性，也淬鍊了我的思想，然而，在荒曠野地從事保育類蝴蝶的棲地研究，卻非我這般的纖弱女子可一己完成之事，由衷感謝在地志工宗祈、吉成、月鶯多年來的協助（他們同時也在文章中出現豐富了這本書），也感謝在相同研究區進行調查的周大慶博士，於學術調查上的討論與襄助，以及提供鳥類圖片為此書增色。而《蝴蝶森林》一書能順利問世，要特別感謝九歌出版社和晶惠的用心。最後，願以此書，獻給看見我在叢林中進行調查時，因不捨而難以言語的父親。

目錄

卷四 無盡藏

卷一　尋找鳳蝶之家

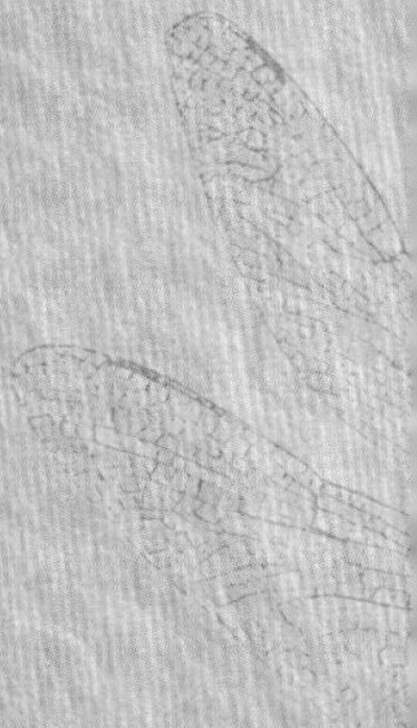

港口馬兜鈴

是怎樣的因緣呢?我竟彷彿要將大地翻遍般,一寸一寸將它搜尋。

我所尋找的,是在這個島嶼上被列為野外瀕臨滅絕的植物——港口馬兜鈴,它以尋常的心形葉和藤的姿態,低調隱身於珊瑚礁森林中,外形如鈴的果實,則無聲刻畫出它名字。

穿梭夏日熱帶叢林尋找港口馬兜鈴,為防蚊,我穿上兩件上衣且頭套紗罩;為防蛇,又穿上高筒雨靴。如此,入林之後無須走動已滿身汗水。藤本植物的葉片,總是向著陽光生長,密林中即使相遇,也多只能看見無葉的木質藤莖,而林間分布多種植物的藤莖,在尋找的初始,要精確判斷實有難度。抬頭求助於向光的葉片,汗水卻常教視線迷濛。

山林之中,尋找港口馬兜鈴著實不易,我常苦尋一日徒勞無功。或許,在寸寸搜尋間,我的目光已經與這藤的葉片短暫交會,卻又因熱帶森林層層疊疊的各類枝葉遮阻而錯過。

外型如鈴的果實刻畫出它的名字

港口馬兜鈴心形葉

馬兜鈴屬植物富含馬兜鈴酸，早年是著名中藥，近年因證實對人類具有毒性而停用，然而有一類族的美麗彩蝶，卻因它才能翩翩起舞。

一如蠶蟲之於桑葉，悠遠的演化之路，注定了金鳳蝶類族與馬兜鈴屬植物生生世世的因緣，光芒閃爍如黃裳鳳蝶或珠光鳳蝶，都因它而決定世族的興衰。在我工作與生活的墾丁地區，以馬兜鈴為幼蟲食草的蝴蝶家族，常見有黃裳鳳蝶、紅紋鳳蝶及大紅紋鳳蝶。其中黃裳鳳蝶是這島嶼的保育類蝴蝶，據文獻記載，此蝶最主要的天然棲息地為墾丁地區。

墾丁地區馬兜鈴屬植物的分布，以港口馬兜鈴與異葉馬兜鈴為主，其中異葉馬兜鈴局限於丘陵、台地的泥質地域生長，偌大的珊瑚礁森林和海岸森林中，則多屬港口馬兜鈴一族。

黃裳鳳蝶是我決心研究的蝴蝶，而牠在墾丁地區最重要的幼蟲食草，便是港口馬兜鈴，這食草生長處，自然是黃裳鳳蝶幼蟲棲所。有學者推論，導致蘭嶼島上珠光鳳蝶族群零落的因素，是食草港口馬兜鈴已漸稀少難覓，我料想墾丁黃裳鳳蝶族群稀少的玄機，也與此藤有關。於是，尋找港口馬兜鈴於我是必然之事。然而這藤究竟藏身何處呢？文獻與前人能告知者有限，寸寸搜索便成宿命。

為尋找港口馬兜鈴，我在叢林中顛簸一日全無所獲是常有之事。然而日復一日，我漸漸熟悉了這藤的模樣和氣味，在視覺與嗅覺同時運用下，尋藤技巧終於小有進步。而最容易發現它的方式，莫過於跟隨也在尋覓它的彩蝶。母蝶唯有尋獲幼蟲食草時才能產卵，對於尋覓食草，牠們具有基因密碼上的優勢，人們自然無法與其相比，所以若我運氣特別好，遇上產卵母蝶前來指引，一切就容易多了。

藤的生命極為堅韌，對於蝴蝶幼蟲嗜愛的啃食，多反映以雨後生生不息的繁茂，即使遭受幼蟲將新莖食盡，只需足夠的陽光和雨露，仍能重新蓬勃。港口馬兜鈴藤最怕是人類的一片刀，腰斬它向光攀高的堅持，又或是一把火，燒毀它以血肉為鳳蝶幼蟲編織的翩然之夢。若逢人為攔腰斬斷，藤莖落地，限於森林底層光量微弱，生長困難，最終常至死亡。而綠色生命最憂心的，莫過於生育地被開墾整除。這野外已經相當稀少的藤，據當地老人陳述，早年從海岸到山上礁林普遍存在，後來隨人們的開墾與活動範圍擴大，失去生育之地，族群快速衰微。

我尋找港口馬兜鈴的工作，除賴母蝶指引，也終得多位與此藤有淵源的當地居民襄助，使得尋藤進度大有進展；也由於對此藤的生理生態特性漸能掌握，深入叢林時判斷它生長環境的能力也精進許多，有時感覺此處當有它在，之後果然尋獲時，心中愉悅還真難以言喻。

能掌握此藤生理生態特性，是拜科學實驗之助。尋藤之初，我在苗圃種下大量港口馬兜鈴，一邊進行生理實驗，一邊期盼來日了解黃裳鳳蝶幼蟲適存棲所時，可以有適合的藤用以進行棲地營造。如此，我尋找它，培育它，測量它，熟悉了它每一種姿態與性情，野地找尋時，已不似初時艱難。雖說不似初時艱難，卻也並不真的容易。礁林間去來，無意間欣喜發現新藤之際，也總有「眾裡尋它千百度，那藤卻在日常往來處」之慨。

在墾丁的珊瑚礁森林中，我為探黃裳鳳蝶族群低落之謎，挑戰本身體力與意志力，一寸一寸搜索大地，尋找不知前生結下何等因緣的蝴蝶食草——港口馬兜鈴。即便歷經「一番寒徹骨」，至今仍非容易之事。

舞鶴叢林

尋找鷹巢的研究夥伴在前面走，我在後面跟隨，在我和他之間，舞動著一面黑色的薄紗——那是無人森林裡渴血的群蚊追隨著他的體溫。

夏日的熱帶叢林中濕熱無風，正適合飛蚊出沒，雖然大部分的飛蚊忙於包圍他裸露的雙臂與後頸，不意間我手背上也腫起幾個癢包。急切地從背包中尋出驅蚊的香茅膏，問他需不需要擦？他說不用，因為早已對蚊咬不敏感。這位研究夥伴熱衷生態攝影，他還說以前在林中蹲伏拍鳥時，身上曾被蚊子咬腫近百個包……我聽了簡直癢到心裡頭去。

邊走邊擦著香茅膏，他回頭看了我一眼說：「妳還沒忙完哪？認真點走路，小心跌倒或扭到腳。」

眼睛尋找著馬兜鈴藤，我即使不理會蚊子，東張西望間也很難「認真」走路。這片各類藤蔓交織的叢林宛如他家中廚房，我卻是初次探訪，為了跟上他的腳步，為了東張西望，為了驅趕蚊蟲，我簡直忙得不可開交……下坡處有一株枯立木擋

生長在珊瑚礁岩上的熱帶海岸林

路，繞過它時藉它使力，不料它一抓即斷，我來不及變換重心便一腳踩空，雖未跌跤，腳踝卻疼得難以前行。

「我好像不能走了。」我叫住前面的人。

他看了看，說是扭傷了。

哦！真是糟糕。在荒莽山野中，受傷是件極惱人的事，不但不能換來同情，還會造成同行者的不便。更尷尬的是，他曾幾次叮囑我不要藉枯木使力。我真恨不得時光能倒退十分鐘，不要去抓扶那段枯木，可惜此時懊惱已無濟於事。

「你繼續做調查吧！我在這裡等你回來。」我雖暫時不能前行，照顧自己並不成問題；不過這林子是沒有「路」的，他雖然常來，每回都走不同的「路」，所以我還是不放心地交代：「你要記得我所在的位置。」

「我會叫妳。」在密林之中，聲音遠比視線清楚。

於是我就一個人留下了。一個人在密林中，試了幾次傷腳都沒起色，只好坐下來數蚊子。蚊子一般對人是有選擇的，同伴在時，大部分蚊子都貼著他，這會兒我一個人了，群蚊大軍便紛紛向我湧來，令人聯想受傷的野生動物被天敵攻擊的困境……

熱帶叢林中有許許多多動人的生態情節，但蚊子除外。蚊子可能是自然界中我最討厭的生物，臥室中一隻蚊子就足以教人難安眠，但在野外面對難以計數的蚊群卻還是得工作，每當調查工作進行至黃昏，我常聲稱體力不繼必須收工，主要原因其實是癢得難以再忍受。然而身為一隻蚊子，與人的體溫和血味糾纏是天命，我又如何能期望牠們捨我而去？我不停塗抹香茅膏，牠們依舊黏著我。腦海開始轉著登革熱、日本腦炎、血絲蟲症，還有什麼與蚊子有關的病？所幸想得出的疾病近年來在墾丁地區皆未聽聞。

揮趕著如紗的飛蚊，忽記起沈復的「夏蚊成雷，私擬作群鶴舞空，心之所向，則或千或百，果然鶴也」。我試著想像，只覺這鶴怎麼又黑又小又黏人。

相信有一天，我也會對蚊咬不敏感，而此時此刻，就只能當作是一種精神與肉體的修鍊了。

熱

汗水不停自頰邊滴落，身體宛如雨天的樹，體表有徑流不停奔竄，衣衫早已濕透。

這七月叢林，暑熱著實逼人。但不同季候的調查資料收集，是野外生態研究所必需。調查工作不問晴雨寒暑，總得依一定的時日頻度進行。

這天的野外行程穿越草原與珊瑚礁森林，暑氣漫漫、路程迢迢，意志力逐漸凋萎時，我默默安慰自己：經過這場修鍊，人生將更清明。

投入叢林調查工作，路途遠長是必然，那無妨，體力與耐力皆有預備。但這熱，可真磨人哪！為防刺、防蚊咬、防蜂螫，我全身包裹嚴密，連頭部都罩了紗網。熱至力竭時褪下長袖罩衫，不久手臂就布滿蚊咬的癢包，而散生於林間的有刺藤本植物搭肉刺，也總有本事悄悄在你裸露的臂上留下血痕……兩害相權之下，還是穿上長袖衣衫，讓熱包圍吧！

大太陽下走了半天，翻過梅花鹿復育區的鐵絲圍籬後，忽然感覺冷涼，這熱帶七月的風，如何帶著涼意呢？我於是問走在前面的研究夥伴：

「天氣明明很熱，為什麼風吹來我會覺得冷呢？」

「我看一下妳的臉。」我抬起頭面對他，他說：「妳中暑了。」

「你確定嗎？」穿梭熱帶山林十餘載，我還不曾有中暑的經驗。

「我是『良醫』，中暑過幾次，怎麼會弄錯的！」他隨即宣布不能再走了。

退回研究站，灌下一整瓶冰水後，我在鏡子裡看見自己漲紅得彷彿要炸開的臉，這樣的一張臉，可能連梅花鹿都看得出這個人中暑了。這天走得太急，又思量著惱人的熱氣，大意之下忘了補充水分，犯了夏日叢林調查的大忌，也因此有了中暑的經驗。所幸這天我不是一個人入林，但也累及研究夥伴提早收工。

從此之後，我再不敢忽略喝水這件簡單的叢林大事。但每每喝水之後，汗水就奔流得更癲狂。

叢林調查工作本就考驗研究人員的體力，而熱，更催逼得人體力快速消散。不少有心協助我進行叢林調查的同事與好友，體驗一次就教這磨人的熱氣逼退。日復一日接受熱的洗禮，我在汗流浹背的調查過程中短暫休息時，不禁思及生態學上的物種適應理論：同一物種在不同區域環境中，會因適應而表現出「區域型」。如此說來，有朝一日，我也將適應成熱帶叢林的「區域型」人種吧？而心中那期盼能尋得稀有蝴蝶保育之鑰的熱烈想望，想必將助我完成這熱帶叢林的區域適應。只是啊！不知幾年下來陽光將在臉上烙下怎樣的斑彩圖騰？

草原

穿出密林，一眼望見青色草原沿視線無盡展延，草尖風舞踢踏成浪，我深深吸吐一口氣，依稀聽見心間一聲：「哇！」

不似密林中枝葉層層攔阻，草原是天風暢快的場域，即使斜陽清豔，我濕悶半日的皮膚也即刻感受到風的快意。初秋的南方草原寧靜如畫，畫中最殷勤喚人的永遠是小雲雀，那空中風鈴般的鳥鳴總讓寧靜草原不顯寂寞。

自然大美之中，少有比遼闊草原更富詩意的了。草原之上，無論夕日、月升、微雨、彩虹或星空，都有令人感到詞窮的美麗。那年，體驗過草原風日的美好，同事們不忍藏私，舉辦散步草原的活動，想讓旅人收藏夕陽與芳草共譜的一頁詩章。活動之日天時極佳，清風微醉，斜陽輕擁芊芊青草與朵朵白雲，孩子們一見新嫩芳草立即仿傚卡通人物躺入其間……但教人意外的是，當驚豔於眼下風光的人群行走在草原上，不久腳步便更行更倉促，令人一眼陶醉的草原，竟留不住人們的腳步？

在墾丁濱臨太平洋的佳鵝公路旁，有一個草原聚落，這個偏遠聚落這兩年致力於生態旅遊發展，醉人的草原風光是想當然的主推遊程。然而，居民卻反應，二小時的草原遊程，泰半旅客初時皆對美景感到驚喜，半個小時之後卻開始感覺枯燥……

離離原上草，是歲月枯榮最佳的註記，但如此詩意的地域，卻是生物種類相對單調之處。少了如森林般層層疊疊構築的生物棲所，草原的常住居民本屬有限，草原動物除小雲雀之外，如梅花鹿、野兔、孤鷹或候鳥，相遇皆需緣分。對於旅人而言，一成不變的景致久行難免無聊。

一眼看穿的草原景色，或許少了柳暗花明的旅程轉折，但對如我這般進行特定植物普查的研究人員而言，遇見草原卻如行過天堂，因為空闊草原無樹、無攀藤，累人的調查工作於此便可暫歇。

這島嶼南端的遼闊草原，其實是因人而成的景色。牧草是多風半島上最易栽培也最具經濟價值的作物，除了畜產試驗所為畜養牛隻而伐林廣植外，許多農家也種植牧草販賣，甚至為放牧所需，有人引火焚燒海岸草原上強勢攻城掠地的林投灌叢，以維持草原存在。我的調查工作每遇草原即可暫歇，也緣於在伐林植草的草原環境裡，我所尋找的稀有植物早已不復存在。

夕陽與芳草共譜一頁詩章

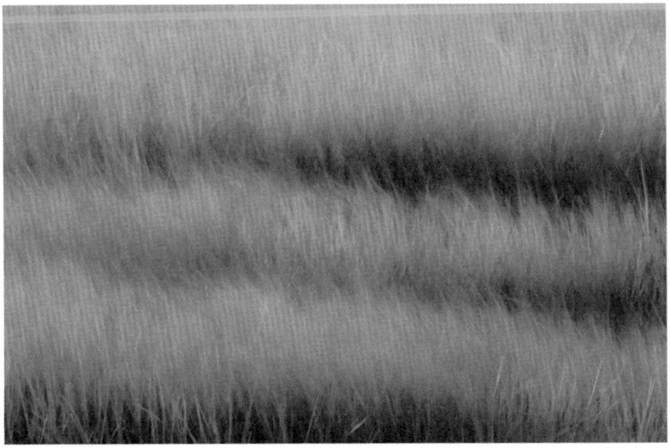

草原風舞踢踏成浪

若不論環境改變對當地物種造成的衝擊，遼闊草原總讓人眼望神怡。這天我穿出密林，坐草原之上讓天風吹去一身濕黏，再越搖浪的草尖迎向原上夕日，東方趕路而來的烏雲忽然飄下一陣微雨，驀然回首，一道鮮麗彩虹浮現層巒與草原相接處……我又依稀聽見心間一聲：「哇！」這南方的遼闊草原啊！永遠教人存在矛盾的情意。

風，吹沙

在台灣第一座國家公園裡，我的研究工作與解說工作交織進行。

這天強勁的落山風貼著太平洋海水飛行，晴空底撩起漫天水霧，我的解說勤務，對象只有一個人，那個人正捧著相機，專注地在風裡瞄準風吹沙一帶的海闊天空。他是我的卸任長官，但因為職位懸殊，且他在台北我在墾丁，所以我認識他而他不認識我。

首度有緣對談，我這個解說員並無多話，而他對著這片大好山河，說故事般回憶當年成立國家公園的諸多事，我聽著。

風，吹著沙。其實這是我極熟悉的一片土地，兩天之前，我還在這裡進行調查工作，寸寸尋找稀有植物港口馬兜鈴。在這風沙撲面的地域裡，仍有令人感佩的綠色生命立地而生，我前日就在沙坡上遇見一株半埋在沙堆中生長的文珠蘭，翠綠肥碩的長帶狀葉片炯炯有神，與它相對，我不禁佇足良久，以為可以為它擋下片刻的風沙。而在沙地之中，最強悍的生命莫過於被人植於海沙中賦予「防風定沙」任務

風吹沙沙瀑

的木麻黃，這些植栽縱使灰頭土臉、枝葉滄桑，卻成功定下本該隨風奔波的沙粒，使得沙河中呈現奇異的綠色足跡。風中行進，雙腳半埋積沙中，這裡沒有港口馬兜鈴，但步步摸索讓我更了解這片土地。

東風獵獵吹衣，海沫乘風而來又隨風而去。那曾經半埋我雙腳的坡地上的沙，也隨風翻上崖頂，襲打沉默蕭瑟的海埔姜枝身後，拂過人們的衣衫，又衝過馬路，向風的盡處揚長而去。風，吹著沙，不許人們言語。我和我的貴賓各自舉著自己的相機，他拍風景，我拍在風景中攝影的他的身影。快門按下，我忽然感覺到自己與這位長者之間，似乎存在著若有似無的淵源。那是一種遠遠的、冥冥中成就的緣分。

在他正當青壯的歲月，我還年少，他四方奔走使台灣的國家公園正式成立（我相信其中必然存在著我所不知的艱難），而國家公園成立之後，我因緣巧合地走入了國家公園，認識了國家公園，改變了對生命路途的選擇。光陰越過山、越過水、越過季風、越過分處島嶼兩端的他和我的容顏，然後他卸任了，我成長了。我們的人生似乎並無相關，卻又彷彿連著一絲絕對相關的細線，就像風，無意間吹起了沙。若無他當年的奔走，豈有今日以國家公園為家的我？這是怎樣的一種緣分？

眼前就是那位讓這種緣分得以發展的陌生人。我解說著這片因步步摸索而了解的土地，心中醞釀著感激之情，但在揮別之前，我卻只淡淡對這位長者說了：國家公園培養了我。

閃亮的日子

走出海岸森林後，我們背對公路席地坐在小水溝邊，微涼春風吹來，我那勤奮的研究夥伴一邊整理雨靴一邊難得地說：「休息一下的感覺真好。」

「是啊，這風吹來真舒服。」我略感疲倦卻十分愉悅地說。

「嗯，剛才林子裡都沒有風。」他好像這會兒才注意到我們走了兩個多小時的森林裡吹不進風。這個狂戀工作的人，如果不是被我有點礙事地拖拉著，他不會停下來休息，不會想要吃飯，不會在乎風雨陰晴；昨天他一個人鑽在陰晴不定的林子裡，一口氣走了七個小時進行調查工作。我常搖頭嘆看他結束工作後一身疲憊的模樣，他卻說累得很開心。

累得很開心這件事，我倒是懂得的。

對於在密林中進行動植物生態調查的我們而言，今天運氣算是好的，清早烏雲密布，東風料峭，但入林之後，天氣卻轉晴了。林中雖然崎嶇無路，但空氣乾爽，藤蔓四垂的礁岩間仰望彷彿撐起藍天的熱帶大樹，令人出神而遺忘言語，夥伴笑說我像是「看呆了」。在半島上生活多年，直到近期進行學術研究才深入這片熱帶海岸森林，我是常常在林中看呆了。上個星期，我們在林中進行調查時，運氣不似今日，天氣由晴轉陰再轉大雨，林中又濕又悶又滑，我們沒帶雨具，調查工作斷斷續續進行，岩壁下躲雨時回望走過的煙雨森林，迷霧如紗，綠林滴翠，一股深厚的喜悅感由眼底沿著血脈燃向心間，我們沉默地望著森林，森林也安靜地看著我們……我走出林子時直著微痠的腰背，卻帶著無比愉悅的心情。那天我也累得很開心。

後來我因職務上的需要匆促出差台北，差畢又轉向位在屏東的學校上課，當我倉皇於大城市的車流間和心亂於學術統計語言時，那座綠意稠濃的煙雨森林便來到我的身後，安靜溫柔地擁抱我的心念，我於是便在心裡微笑了。

「在這裡走雖然累，但那讓身體疲累的過程卻會照亮後來的日子。我最近忙到有點沮喪，但一想起上星期走過的那個下雨的森林，就覺得很愉快。」我說。

「我也有這樣的感覺，所以愈累愈開心。」他每週都得往返台北和墾丁，一定比我更累，但此刻，他的眼睛在發光。原來，他狂戀的不是工作。

就是這樣吧，我們逐日眷戀山林野地，視她為永恆的戀人，每一個與她交心相親的日子都閃耀著光亮，照映紅塵歲月中的紛亂擾攘。

海岸林蓮葉桐大樹

板根是熱帶森林的特色

日近中天，他起身說：「走吧，到另一邊去看看。」
我們跨上摩托車，迎向春風，迎向這個將照亮下一段歲月的閃亮的日子。

落葉

一陣風過，不冷也不熱，帶著來自北方的乾爽，以及淡淡的植物的芳香，是春天來了。走著，看見春天的風，遇上一樹紅葉，聽到落葉紛墜的聲響。

這滿地落葉，是欖仁樹的。欖仁樹是墾丁今年宣告春天來臨最誇張的物種，那又大又紅的葉片在春風裡飄落可不是平常現象，往常它們反應的是秋冬的乾旱與冷涼，但近年來全球氣候變遷，使得原本四季分明的欖仁樹，也出現了異常的舉動。

逢春落葉的欖仁樹，枝頭已有新綠微露，當新生與凋落同時呈現，凋落也成為一種喜悅。辦公室周圍遍植欖仁樹，飛墜的紅葉引來遊客停車漫步。晨光、春風、遊人、新綠與落紅交織出些許夢幻的景色，然而這迷人景色卻苦了我那些負責庭園清潔工作的同事，只見紅葉紛紛落，人們不停掃。見遊客在紅葉間欣喜拍照，掃落葉的人一旁蹲了會兒，不久來一陣風，他們彷彿被落葉打醒般又掃了起來。

「落葉很美呀，為什麼要如此辛苦掃呢？」我問過掃落葉的同事。其實他們有不得不掃的壓力。因為不掃可能意味著不夠勤快，可能因此丟了這份臨時而薪水微

欖仁樹上等待風落的紅葉

飛墜的紅葉

薄的工作。我了解他們要得到或保住這份工作並不容易，不敢有任何意見。

庭園中的落葉，有人為的章法規範，大自然中的落葉卻無限自由。熱帶海岸是欖仁樹的原鄉，我在海岸林中活動，不難遇見成群生長的欖仁樹，這裡的樹下堆滿不同色度的紅葉，每踏一步都有落葉的回唱。隨著腳步起落，落葉層中有多種生命活躍穿梭，看得很清楚的有螃蟹和昆蟲，看不清楚的有無數的微生物，這些生物會將落葉分解成土壤養分，土壤養分供應樹的生長，樹的營養最後又透過落葉回歸土壤，完成營養循環。而在這個循環過程中，各類生物得以滋長，那層層落葉間的自然氣息，帶著生命的芬芳。

午後回到辦公室，四處落葉皆已被辛苦掃淨，園丁正默默在樹下花圃中施肥，若非樹上還殘存些許紅葉，早晨那滿地紅葉的風光還真如春夢一場。

解讀森林故事

擺盪著兩腿，我獨自坐在與樹頂等高的小塔邊，看風從森林的東北走向西南，追憶當年的膽怯。

在這座森林穿進穿出已經三年，不知道什麼時候開始，我不再怕攀高，不再苦惱手上身上的泥汙……真不敢想像，我竟能這樣坐在森林之上，吃著餅乾，心上一片輕鬆。想當年，第一次看學弟這樣坐在塔頂時，我即使穩穩站在地上，都不禁精神發顫。

凡事都是可以學習的吧，學習接受幾種實驗高塔的高度，可比學習解讀這座森林的故事容易得多。

我的工作告一段落了，老師卻還在林下指導學妹丈量一種植物母樹與小苗間的距離，企求解讀這稀有樹種的傳播策略；學弟也在塔下不遠處檢視他搭設的擋風圍屏，以及圍屏內外對照實驗的各種小樹苗。科學實驗的過程，大多是枯燥乏味又瑣碎的，我就曾在研究室數了一下午同一種植物不同生育地、不同大小的果實各含多少粒小小種子，並分組量秤這些小小種子的百粒重；學弟也常鎮日蹲坐森林中等待光合作用儀器跑數據。然而，就是這些一步不能馬虎的實驗步驟，讓人們一絲一線地了解這座森林。

下風處老師殷殷叮嚀的話語朦朦朧朧，上風處遊人的語聲卻分外清晰。

「快到了沒？我全身都癢，好像有髒東西。」有人嚷著。

我看著天上白雲，想著這風季森林中有什麼「髒東西」？我這號稱有潔癖又容易過敏的人，入了森林就沒了禁忌，灰頭土臉一身狼狽也可以充作是一種瀟灑，那遊客走在寬寬大大人來人往的步道上，到底碰到什麼「髒東西」呢？

「怎麼走半天也沒什麼好看的？看來看去都是樹。」林外走過另一批人。

「叫你們申請個解說員來解說就不要。」

一聽到解說員三個字，我馬上停止晃動兩腿，因為那就是我嘛。我的確是常常帶著遊人在國家公園各處體驗自然，而解說的內容，大半是科學研究的成果。述說森林的故事是件愉快而動人的事，每當我在「看來看去都是樹」的生態環境裡告訴遊人各類生命的存活策略時，我都可以看見注意聆聽的人眼睛發亮，而我之所以明白那些生命故事，就是得自許許多多繁瑣實驗的累積。

南仁山湖沼區森林

在森林中架設光合作用的實驗儀器

風歇的時候，我可以較清楚地聽見老師的聲音，他教學妹在沒有路的坡地上從這裡量到那裡，又從那裡量到那裡，欲罷不能。當學妹畢業的時候，我們應該就會得到一種叫做細葉茶梨的樹，在這座森林中維持族脈香火、固守地盤的祕笈。

我愛搭肉刺

與一群大孩子走在社頂珊瑚礁森林中，忽然隊伍後方傳來一聲慘叫，回頭看原來有位男孩帽子被步道旁帶刺的藤搶走了。他急於奪回帽子，卻連衣袖都給捕住，一不留意，手也給刺了。看他一陣慌亂，我忍不住好笑，因為那畫面讓我想起自己被這種藤纏住時的情境。這藤是我再熟悉不過的搭肉刺，我臂上的新舊血痕泰半由它成就。

搭肉刺是墾丁珊瑚礁森林中常見的豆科藤本植物，羽狀葉片，全身滿布倒勾刺；冬春之間遍開鮮黃花串照亮綠色森林與深暗礁岩，豆莢扁圓帶著微翹的尖尾模樣頗有趣味，但是，對於常在珊瑚礁森林中活動的人（特別是有路無路都得走的科學研究人員）而言，搭肉刺可以說是對意志力的一種考驗。我每在林中進行調查工作，都難免與它肌膚相親，當它的倒勾刺勾搭上你，要全身而退著實有些困難。我即使再有耐心與它周旋，也免不了在衣褲上或皮膚上留下一些刺或傷痕，我那常因趕路或找路而無暇理會它的研究夥伴，與它的關係就更深切了，除了洗過的衣褲還會帶刺傷人，兩臂由搭肉刺繪出的橫縱傷痕更是精采萬分。我曾建議他穿著長袖衣衫以減少受傷，但他堅持寧願流血不願流汗——在這熱帶叢林中，即使不動也輕易就汗流浹背，穿著長袖的確是件苦事。

這總愛與人糾纏不清的搭肉刺，自然常阻斷或干擾我們前行的腳步，但它的存在是森林中的常態，我們不曾有排斥它的念頭，會不會被它刺傷就交給運氣了。研究鳥類的夥伴調查工作進行到繫放的階段，我在森林中為他的繫放過程錄影，當他攀上約九公尺高的樹冠後，哭笑不得地撒下一句：

「上面都是搭肉刺！」

「哦，運氣真好。」我說。

鳥巢築在盤繞樹頂的刺藤上，藤刺正為巢中幼鳥阻擋「敵人」入侵，我頗佩服築巢親鳥的巢位選擇能力。一向斯文的夥伴在樹頂挑戰搭肉刺擺出的陣仗，不時以中、英文粗話轉化身上的疼痛，我也只能說：

「忍耐一下吧。」

「不是忍耐的問題，是穿不過去。」

但那終究阻擋不了他。最後他「安坐」在藤上，在搭肉刺的懷抱中完成樹上工

搭肉刺嬌豔的鮮黃花串

研究人員向盤繞樹頂的搭肉刺前進

作，他不說我也知道那有多刺，之後要處理那些扎在身上的刺也頗費事，但既然選擇了這種高難度的研究主題，想解開目標物種的生存謎底也只能發揮意志力。況且，對整個研究工作而言，搭肉刺還算是小小問題，流點血，忍點痛，就能相安無事，臂上傷痕日久也會習慣。

我建議帽子被搭肉刺搶走的男孩：耐心撥刺以擺脫藤的糾纏，並幫他取下他先前用力拉扯時斷在皮膚上的勾刺，然後問舔著血痕的他要不要如我們一般，喊聲「我愛搭肉刺」，回報它的濃情厚意。

熱帶天堂歲月

風吼樹濤湧響，整座森林都在搖晃，我望著疏朗的林子，滿足地深深吸吐一口氣，感覺十分幸福。多年來在恆春，每至東北風季，我便猶如置身天堂。

多年來在熱帶森林中從事蝴蝶與食草研究，最惱人的莫過於悶熱與蚊蟲。夏天時為了減少蚊蟲叮咬，不得不穿兩件衣裳且戴上厚手套，而這等裝扮，防蚊之外也使得悶熱有著加乘的效果，身上汗水如雨天樹幹上奔淌的徑流，臉上也彷彿總戴著汗與油交織的面具……但秋冬風季一到就不同了，蚊子少了，季風更吹乾吹落繁茂的熱帶樹葉，原本枝葉交錯視線難以穿透的森林下層頓成開闊，一條條樹幹光光排列著，每個角落走來都有枯枝落葉在演奏，身上多半時候是舒爽的，即使因勞動而汗濕，一會兒也就教風吹乾了。

能夠乾爽地在熱帶林中工作是件多麼幸福的事？沒有苦守過夏日熱帶林的人是很難感受的，感覺多半是相對性存在，我因深切體驗過夏日林中的悶熱與蚊群，所以特別珍惜季風穿林的日子。這樣的日子，我常尋空坐在橫枝上讚美森林，讚美季風。東北季風在恆春半島俗稱落山風，每年十月至翌年三月從不缺席，長年的強風吹襲使得林相深受影響。受季節風影響，半島植物社會的分布與微地貌間有明顯相關性，生長在珊瑚礁岩頂部的樹木呈低匐狀，岩塊間避風地生長的樹木相對較高大，但不管是哪一種植物社會或林相，風季裡都普遍葉乾枝疏，只是岩頂群樹在無可閃躲的疾風考驗下，外貌顯得更憔悴、生命顯得更莊嚴些。

由於恆春地區的降水集中於六～九月，風季多半缺水，我在一月晴日所測的淺層土壤水分，泰半區域均為零，這時節林木幾乎處於脫水狀態，翠意盡失，焦意盎然，所以一個研究人員的熱帶天堂歲月，視覺景觀卻不見得美好。但我不從森林外部看，林中此時正好欣賞樹幹如音符般排列的數大而單純的美感，而最美，即來自自身的舒適感，也只有在乾爽無蚊的風季裡，人在熱帶叢林中才能有「優雅」可言。除了舒適感，這風季林間的疏朗，對我的研究而言也具有重大意義，因為此時林中視線頗好，可趁此機會從茫茫樹海中把野外瀕臨絕滅的藤本食草找出來，找不到食草可就找不到蝴蝶幼蟲。於是，每找到一株藤，愉悅感即多增一分，便更要讚美那颳得驚天動地的落山風了。

在讚美季風的同時，我也不免有莞爾之慨。進入熱帶叢林進行調查工作之前，

落山風裡的熱帶天堂歲月

恆春半島最教我嫌怨的自然條件，就是總令人頭髮衣衫都瘋狂的落山風，但如今，一到風季，我竟猶如置身幸福天堂！風與物皆沒變，變的只是人的狀態而已。

恆春的雨

終於下雨了。那低悶雷響中傾盆的雨線，是自然生靈渴望已久的生機。

恆春半島逾半年沒下大雨，五月中旬進行野外調查時，陽光明燦，海水湛藍，綠地卻一片枯渴。熱帶森林中的常綠樹木，如土樟和台灣海桐，全株葉片已出現乾萎的現象，更遑論其他草本植物。穿林而行，整座珊瑚礁森林顯得無精打采，林下枯枝落葉厚厚堆積，幾乎完全掩蓋因長期缺水而生長遲緩的小苗。我所調查的藤，部分植株自三月被蝴蝶幼蟲吃光葉片後未再長新葉，此刻想必又飢又渴（缺水無法長新葉，無葉不能行光合作用製造能量）。在野外工作鎮日口乾舌燥，未至黃昏我已全身疲倦乏力、注意力渙散。

依據文獻記載，恆春半島乾、濕季分明，雨量集中於五至九月。今年這場萬物期待的豐沛雨水，在五月下旬終於到來，但過去的兩年，雨水遲至六月才降臨，等待雨水成為半島自然生靈存活的最大挑戰。

終於下雨了，雨在窗外屋簷垂落如簾，我關掉音樂，停止工作，專心聆聽葉片及土地因雨而生的歡唱。想那整座無精打采的珊瑚礁森林，大雨中不知何等雀躍！開門看雨，差點與忙進忙出的燕子們撞上，牠們原本想如往常般停棲我房門之上，見我出門即回頭飛入雨中，下雨對牠們似乎沒有太大的影響。黑枕藍鶲母鳥也依然安穩坐在小巢中孵蛋，這巢築在小樹頂枝上，四周通風清爽，但上層有枝葉鬱閉的大樹遮風閉雨，即使此時大雨傾盆也沒使得母鳥顯出狼狽。門外的烏頭翁一家，親鳥與小鳥身型已相近，一家五口穩重地蹲坐在綠葉深處低語，心情想必充滿期待，雨後植物萌新葉會滋養蟲子，蟲子多了，鳥兒就能有較多的動物性食物。遠方五色鳥正在雨中啼唱，或許與我一般，欣慰地看著這場能使大自然富足的雨。

天未暗，屋外長居的小雨蛙群已迫不及待高歌求愛，至夜深蛙聲激盪如浪潮，聲浪沖擊每一寸濕度滿漲的空氣。正是這樣的空氣濕度，告知了蛙族快快把握短暫積水的繁殖場域。蛙聲和雨聲，終夜不止。

連續下了兩天的雨，南方大地終於解渴，但電視新聞卻傳來山中再度因雨路斷的消息！後來的幾場大雨，讓乾荒的森林振作了精神，也喚醒夏蟬出土羽化，天地旋即被高揚的蟬音繚繞。而另一方面，雨水也使台灣島上出現多處路斷與淹水的災情。我在嘹亮蟬鳴中望著電視想：難道以後就都這樣了嗎？當自然生靈殷切渴望的

滂沱大雨為乾旱半年的山林解渴

禾草霑雨露

雨水滋潤大地的同時，人們就得擔憂雨水所帶來的災情嗎？

我幸運地居住在一方水土保持良好的所在，還能欣賞與體會雨水所賦予的喜悅與豐足，但不知這島上還有多少這樣的佳所？於此極端氣候影響下長旱又易澇的年代，能居住在水土保持良好之境，可能已是世上最幸福的事。那麼，珍惜維護與杜絕破壞這樣的土地，應該就是這世上最重要的事了。

今年的乾荒遠離了，但颱風不久就會來，大地年復一年在自然的韻律中等待雨水又接受風雨的侵襲。只要健康的森林還在，即使無精打采，即使枝葉枯斷滿地，即使必須迎接風雨，仍能堅忍生息。我們需要這樣的土地。

妳是我今夜的天使

假日進行野外調查，工作結束後拖著沉重的步伐回到住處，走過警衛室時，聽見一名外國女子與警衛阿伯雞同鴨講在對話。

女子說：「No key！」

阿伯說：「啥咪齒？」他們一再重複著自己的簡單話語，聲音愈來愈急。

我真的累了，走過他們，自顧自地爬了幾階樓梯，然後莫名地停下腳步。可能是怕夜裡想到這件事會睡不著吧，嘆了一口氣，來到他們中間。原來這名完全不懂中文的女子是這棟大樓的新住戶，剛才在公車上掉了錢包，房間鑰匙也在錢包裡。現在怎麼辦呢？看她和阿伯都一臉無助，我只好自告奮勇載她去追公車找錢包，因為她剛下車，而公車終點站也只在六、七公里之外。

路上她說也許錢包已經不在公車上，因為她下車前與兩名英國旅客聊了很久，他們可能拿走了她掉在座位上的錢包，現在正開心地花著她錢包裡的錢。我安慰她不要這麼悲觀，也許司機正在等人去找回錢包。後來我們到達公車底站，找到了那輛公車，問了司機先生，他沒看見錢包。

「一定是那兩個英國人拿走了錢包。」她愁苦地說。

「他們可能會幫妳先保管錢包，只是不知如何聯絡妳。」

現在該怎麼辦呢？他們彼此並未留下聯絡的方式。

「啊！我想到一個地方，大部分遊客來到墾丁，晚上都在那裡走來走去阻塞交通，我帶妳去找他們。」我把車開向我最無法忍受的假日「墾丁大街」。車子以緩慢的速度進入「大街」路段後，我搖下車窗請她往路旁人潮搜尋那兩位英國人。

「這樣有可能找得到他們嗎？」

「試試看嘛！我開慢一點，妳仔細找。」

才一會兒功夫，我就聽到她興奮地喊：「我看見他們了！」

她順利拿回錢包，說他們是在她下車後發現她掉的錢包，因為無法聯絡她所以先幫她保管。回程的路上她終於露出安心的笑容。我揉著酸澀的眼睛，聽見她叫我的名字對我說：「You are my angel tonight.」

「我很榮幸有緣做妳的天使。」

當別人的天使其實也需要緣分，曾經很努力地想當某人的天使，最後傷了心，天使卻沒當成，今晚倒莫名地成了一個陌生人的天使。

「很高興妳找回了鑰匙，現在我們都可以回房間休息了。」她進了大樓電梯，我堅持爬我的樓梯。

真的很累，但也很開心這無意間遇上的事件這般落幕。當一晚陌生人的天使，換來的是一夜無夢的好眠。

卷二　叢林去來

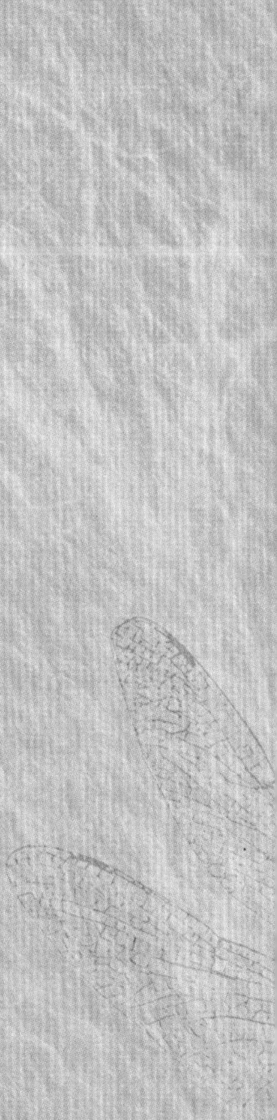

蝴蝶志工

他携帶卷尺、繩索、衛星定位儀和釣竿，徒手攀上高約三公尺的珊瑚礁岩，再緩慢爬上生長在礁岩上的白榕大樹，在接近樹冠層時，以雙手扶握最頂層的側枝，立於與頂層側枝平行的第二層側枝上。在側枝上，他前腳探路似的向前試踩，確定牢靠後後腳再謹慎跟上，一步接一步，慢慢移近攀在大樹上的馬兜鈴藤葉叢。到達目的點後，他向地面放下卷尺，待我將底端固定於地面，他喊：「九點八公尺。」然後再以釣竿向上量測藤葉與樹頂的距離，接著又把衛星定位儀綁在釣竿上，伸出鬱閉叢林定出所在經緯度。給了我座標後，他收妥器材大聲說：「開始數葉片。」

這是一株新發現的港口馬兜鈴藤，我在礁岩邊找到藤的主莖基部，記錄了直徑大小及基礎環境條件後，起身仰望樹上人影良久，心中不禁自問：如果沒有他的協助，我要如何完成這樣的調查?

「葉子分成三叢，一共約三百八十片。有不少蟲。」他是我的研究志工——阿祈，當我開始在野外尋找馬兜鈴時並不認識他，他如此熱血熱性地擔任研究志工，只為癡心所愛的黃裳鳳蝶。

二〇〇四年的春天，他到我的工作單位拜訪「研究黃裳鳳蝶的人」。同事指引他找到我，他見到我的第一句話是：「妳怎麼會是個女的？」

從此，這個「自己送上門來」的核電廠工程師，便成了我研究工作上最大的助力，除了助我尋找馬兜鈴，樣區設立後凡我無法靠自己完成的調查工作，多半也由他協助完成。這番緣遇，於我當真有如天降神兵。

阿祈不是一般愛蝶人，他在住宅旁種有半畝港口馬兜鈴田供黃裳鳳蝶自由產卵，並在庭院裡栽培了各種馬兜鈴屬植物，對馬兜鈴的熟悉度遠超越一般人，當然也超越我。首度置身他墾植的馬兜鈴田時，我只能用「嘆為觀止」來形容眼前所見！當時馬兜鈴田四周飛舞著許多黃裳鳳蝶，還有幾對正在交尾，那個春天，田中所產的黃裳鳳蝶蛹編號已超過一千三百個，其中大部分已順利羽化，但田裡的馬兜鈴葉片也已被幼蟲啃食光盡！顯然母蝶交尾後已無法在這裡產卵。我於是問：「你想你這裡的蝴蝶都飛到哪兒去產卵了？」

他笑著搖頭。

阿祈將「讓黃裳鳳蝶的數量多起來」視為畢生職志，為了癡愛的蝴蝶，他誠心

攀上大樹的蝴蝶志工

誠意、費神費力。當時馬兜鈴田的片羽吉光，的確令人因稀有蝶種的翩翩繁華而心生感動，然而在驚歎之後，我想的卻是——這麼多的蝴蝶飛向大自然中，會對野外族群數量已相當低的馬兜鈴造成怎樣的衝擊呢？

「給妳蟲的數量，很精采哦！」攀在白榕大樹上的阿祈愉快地說。

「好，你說。」

「黃裳五齡蟲一隻、四齡蟲三隻、三齡蟲二隻、卵三顆，卵都產在成熟葉下，在冠層範圍；那隻五齡蟲差不多要化蛹了，下次來就要找蛹了。我再看一下有沒有漏掉的。」

「蟲這麼多，葉子恐怕又要被吃光了。」我說。

「卵再加一顆，產在白榕葉上，在中層。」

在親身參與野外調查後，阿祈明白了野外馬兜鈴的困境。於是他荒蕪了曾努力耕耘的馬兜鈴田，將對蝴蝶的誠心誠意與費神費力，都用來協助我找尋影響野外黃裳鳳蝶族脈繁衍的關鍵因素。

「哇！上面好涼，都沒有蚊子。」看我揮動手臂努力趕蚊子，他坐在樹上快意地說。

「趕快下來，還有好幾個樣點得去，你先幫我把我爬不上去的那幾棵看一看，明天我再繼續調查其他我可以自己做的點。」有些研究樣區不適合擺放梯子，我們做調查時靠爬樹，矮的樹我還可以應付，高大的樹就只能靠他了。

「我已經砍好長竹子，正在曬乾，準備做一個單面長梯放在很高的林投樹那裡，不明顯也不會有人要偷，妳以後在那裡就可以爬竹梯做調查。」他一邊爬下樹一邊說：「我等一下再去鋸一些短的竹子，綁在十五號樣區的樹幹上，那棵樹可以綁，這樣妳就好爬多了。」

他回到地面提起裝滿研究器材的籃子就往前走，我呆立在原地看著他的背影，一時之間因感動而說不出感謝的話。為了防蚊、防刮傷和防蛇咬，大熱天裡他穿套著迷彩長袖大襯衫，以及一雙長筒雨鞋，踏著輕快的步子在「對人不甚歡迎」的叢林裡一馬當先……他為心愛的蝴蝶可以如此，換作我呢？在這世上什麼事物可以令我如此一往情深？

「不是說要趕快嗎？妳還在那裡做什麼？」他的背影已轉出我的視線。

我用雙眼，攝下了阿祈協助我進行野外調查時的一頁頁畫面。每當我因為這項研究太困難、太累人而萌生放棄的心念時，那些曾經以雙眼攝下的畫面便一頁頁向我飛來，斬斷我想放棄的意念。他這樣的心意，如何能辜負呢？

方舟風雨後

站在熱帶叢林的上層，我向上望向下看，心中都難免一片蕭瑟。腳下這片占地不大的研究樣區，是目前僅能找尋到的黃裳鳳蝶最大天然棲地，我能在經歷三個月的野地普查後發現這裡，自知已是極大的運氣。春天以來，墾丁地區氣候穩定，樣區內蝶卵孵化及幼蟲生長狀況良好，一片生意盎然景象，我在群蟲環繞之間，樂觀地以為，這維繫黃裳鳳蝶自然族群的最後方舟，將航向光明與希望。但颱風過後，情況就有了極大的變化。

颱風當日，樣區內雨驟風疾，即使到達了現場，也只能望風中落葉興嘆，無法進行任何調查工作；隔日，風雨仍持續，踩著泥濘步入樣區仔細搜尋，發現蝶卵幾乎都不見了（或隨葉飄零，或被大雨沖去），幼蟲所幸未全軍覆沒，但數量少去大半；後來天晴了，那些我以為是浩劫餘生的蝴蝶幼蟲，卻展開接力死亡的恐怖歷程，連我們推想可用以躲避風雨的蝶蛹，都難逃部分壞死的結局。

昆蟲專家說，可能是病毒感染。原來風雨的影響除了當時當刻的存亡問題，還關聯著蟲兒們的禦病能力，也許這些死亡的蟲兒們，在風雨之中已經罹病。颱風過後每一次的樣區調查，都可以記錄到死於葉叢中或地面上的蝶蟲，眼看那些好不容易成長至四齡及五齡的肥胖蟲子陸續死去，心中真是萬分不捨，明知風雨的洗鍊是自然生靈無可避免的宿命，教授們也說颱風的影響對科學資料的蒐集相當珍貴，但看著群蟲逐漸凋零，我就是無法揮去心中蕭瑟。我甚至懷疑那幾個幸運結成的新蛹身上也帶著病痛。

在大自然中生活多年，好幾次我在颱風夜聽著風聲雨聲，猜想自然生靈如何渡過這樣的環境危機？如今有緣長期親探究竟，方知野地生命的艱難，對於適於營造夜讀氛圍的風雨，於是有了不同以往的反應——從此之後，每一陣強風吹襲、每一場大雨灑落，我都不由得掛念起蟲兒們的安危。

颱風過後三星期，蝴蝶食草在豐足的雨水滋潤下長出新莖與嫩葉，我在樣區離地約五公尺高的梯子上，向上望向下看蟲影都寥落。

研究志工阿祈爬上蝴蝶食草所攀附的大樹，幫忙拍照記錄螞蟻對分解死亡蟲子的貢獻。呆立高處的我，忽然看見陽光灑落的地面上，有蝴蝶的影子舞動。緩緩抬高視線，驚見一隻久違的大蝴蝶，那隻蝴蝶閃亮的色彩，就如閃電般瞬間敲擊我呆

黃裳鳳蝶五齡幼蟲

後翅色彩閃亮的黃裳鳳蝶（雄）

滯的腦神經，我一邊舉起相機捕捉那飛動的蝶影，一邊激動地向阿祈喊：「一隻黃裳鳳蝶母蝶！」

一隻黃裳鳳蝶母蝶！牠飛入樣區自然是來食草上產卵，這也意味著新的生命期程將重新展開，這被死亡籠罩許久的蝴蝶方舟，在蝶卵被產下的同時，也注入一股新的生命希望。

蝶蛹

那顆在我眼前被母蝶產下的卵，經過月餘的追踪觀察，已從破殼而出的小蟲成長到化蛹階段。

仍然在我眼前，這隻到了化蛹階段的終齡幼蟲選定一段自認妥當的細樹枝，頭部朝下吐出一小團黏絲，再將身子倒轉，把尾端固定在絲上。接著牠在頭部枝上吐絲並拉長，以半身懸空、左右繞圈旋轉的柔軟功夫，織出一個絲圈，牠一回又一回扭轉上半身，不知往復幾回之後，終於織成牠將藉以懸掛休眠的圈帶。然後，牠毫不猶豫地將頭部套入那個自製的絲帶裡，完成化蛹前的定位，從此牠將靜掛在這裡，直至羽化成蝶。那段令我嘖嘖稱奇的吐絲織帶過程宛如高級體操表演，但牠無須學習，在生命初始時「遺傳」就已安排了牠將逐步演示的生命歷程。

三天之後，我又來看牠。這隻蟲有了大改造般的變化，牠褪去原有的黑色蟲皮，全身顯露亮黃色彩，但此時模樣有點奇異——上半身看來已是蛹的外貌，下半身卻仍是蟲的形態，且全身扭動不已。第一次在野地看見這怪模樣的蟲時，還以為是「畸型的蛹」！其實這只是牠短暫的塑型階段，個把鐘頭後，牠就會挺起腹部、打直腰桿，成為一個水亮的新蛹，再過一日，水亮褪盡，便是一個宛如黃葉的黃裳鳳蝶蛹了。細看那蛹，兩側還鑲有葉脈般的線條，這樣的蝶蛹隱身於叢林之中，具有絕妙的保護色。曾經，我在專題報告上播放一張黃裳鳳蝶蛹的照片，當時有人問：「這張照片上只看到一片葉子，請問蛹在哪裡？」他說的那片葉子，就是蛹。

大自然充滿各種神奇，一個蝶蛹會假扮成一片黃葉躲藏在叢林之中！我為這巧妙的擬態感到著迷，但也常因此而苦惱。調查過程中，尋找蛹是最具挑戰的工作，那彷彿是「大自然的尋寶遊戲」。調查工作每隔一週至一旬進行，大部分的蟲總趁我忙於辦公室業務時四散化蛹，於是「尋寶遊戲」便不可避免地頻頻上演。一回，我追丟了四條終齡蝶蟲，最後只得求助當地山林高手。山林高手數日之後來電話，告知四個蛹皆尋獲！這四隻蟲，竟越過一大叢竹子爬至避風處化蛹！其中一顆結在離食草十公尺遠之處。我問山林高手找尋多久？他說：一個半小時。原來尋寶遊戲最關鍵的技巧，就在於耐心。

我從此修習尋找蝶蛹的耐心。風季裡，東北風強烈搖撼山林，蹲在林間仰頭尋找蛹的落腳處，常令人感到暈眩，原來這世上除了暈車暈船暈海浪，還可以暈森

織帶中的黃裳鳳蝶終齡幼蟲

宛如黃葉的黃裳鳳蝶蛹

林。凡事熟能生巧，但尋找蝶蛹卻存在著無法突破的「角度」問題。有時發現，尋不著的蛹，一朝卻化成彩蝶靜掛在枝葉間晾曬初生的翅翼！牠甫離開的蛹殼，就在我慣常活動的範圍內，只緣枝葉巧妙遮掩，令我無論如何尋找仍敗於牠的隱身之術。也因如此吧！這美麗蝶族才能走過被大規模採蛹販賣、供作標本的年代。每當我苦尋不著蝶蛹卻突遇彩蝶羽化時，為牠感到欣喜的情緒總遠大於尋不著牠的氣餒。

也許因為經常尋找蛹，有時候夢見自己也化蛹靜伏，在與外界隔離的小天地裡以書為糧，等待一場生命的蛻變。這樣的夢境，總教人醒來感到特別安寧。大風大雨時刻，我置身房內風雨不驚，也不禁想起叢林中的蝶蛹。蛹期是蝴蝶生命歷程中最無懼風雨的階段，那靜待蛻變的小生命，也有蛹殼為牠遮風避雨。相較於幼蟲階段，蛹的存活率明顯高出許多，每當颱風來時，我的野外紀錄總驗證著蛹的堅強。

蝴蝶的蛹期被科學書籍歸於「休眠」狀態，但當我碰觸到蝶蛹時，牠總會甩動尾部並發出聲響，試圖將我「嚇」退。這樣的休眠，每隻蟲進行的時間並不相近，我曾記錄過一個夏天結成的蛹，十九天即化成翩翩彩蝶；我也曾記錄到一個秋天結成的蛹，一季的等待過去仍靜懸於叢林之中，時光一週一週推移，與牠同時段結蛹的姊妹兄弟一一羽化後，牠仍沉溺於休眠歲月，我幾次懷疑牠已經靜靜死去，但當我輕觸牠，牠總「出聲」傳達存活訊息，一百七十六天過去後，牠終於化作一隻健壯母蝶，在我祝福的目光中飛向微風藍天。書中指出，世界其他角落也存在這般蛹期不等的蝴蝶羽化現象，科學家認為如此可以分散成蝶同時遇上惡劣天候的風險……我的紀錄則見證了自然生命的神妙適應。

蝶蛹的內部變化，是大自然最經典的魔法之一，蛹殼內的生命破殼的剎那，即詮釋了造化的不可思議。在頻繁的野外調查中，我很容易掌握蝶蛹羽化的時日——當一個蛹上半部色澤轉深，那便預告了牠明日將羽化的消息。我有時會告知同事蝶兒明日即將羽化的消息，提醒可以清晨時分前往守候彩蝶破蛹的剎那。同事們總懷疑我是否真有「預知」的能力！我自然無此能力，我只是轉述一個即將脫胎換骨的蛹所預告的消息。

那在我眼前被母蝶產下，又在我眼前懸絲休眠的蛹，若能順利渡過蛹期，在羽化前一日，也將向天地預告牠將脫胎換骨的消息，只不知那時候我會不會碰巧也來到牠身邊，接收到這個訊息。

蝶之生

清晨四時許，天空已有微光。我一身俱全的野外裝備還拖著腳架，走過守衛室時，守衛大哥疑惑地問：「這麼早妳是要做啥？」

「去等一隻蝴蝶羽化。」他聽了搖搖頭笑一笑。

大雨一陣陣，不知那個昨日已預示今朝將羽化的蛹，會不會賴床？雖然與蝴蝶近距離相處已數載，但對每個蛹的羽化時辰，還是難以完全掌握。都說蝴蝶一般在破曉羽化，有一回，我在天剛亮即到達野地現場，卻見初生的彩蝶已出蛹掛在枝條上；有時候以為牠清晨應該出來，偏偏牠撐到下午才破蛹。為目睹蝴蝶破蛹而出的片羽吉光，這回我在夜色未褪盡便來到野林之中。

灌叢林內八分黑，燈光裡蛹殼已呈透明狀，幾乎可以透視殼內黑的蝶翅與鮮黃的蝶腹，而蛹殼外，正滴掛著閃亮的雨珠。水氣如此濃重，牠會在破曉羽化嗎？

等待，是自然觀察最慣常的事，我自認已練就一番功力。放眼四望，萬物有形無色，靜聽夜歌最後一章，雨聲偶爾來串場，在叢林中撐傘或穿雨衣都嫌礙事，我

蝶蛹頂部撐開一隙裂縫

初羽化的黃裳鳳蝶

淋巴液注入翅脈撐展皺翅

晾翅等待起飛的黃裳鳳蝶（雌）

大多選擇淋雨，所幸這會兒雨不大也不連續。

雨停了，天也亮了，陽光被擋在雲朵後方，四面無風，即便是清晨，空氣中仍滿布熱帶海岸的夏日氛圍。從蛹的色澤變化，我知道牠今早一定會有一場非生即死的巨變，但這是一場沒有約定時間的等待，情節的發展也沒有劇本可供依循。曾經，在這樣的關鍵時刻，破蛹而出的是寄生蜂，那死亡的蛹，已成蝶形；也曾經，彩蝶羽化的過程出了意外，蝶體沾黏蛹殼，飛向藍天成了不可及的夢；更多的時候，牠們在蛹的階段即因各種因素而死亡。

曾有朋友問過我最喜愛哪些動物？又為什麼喜歡？我回答的其中之一便是蝴蝶，原因是因為幼蟲化蛹後重生成蝶的神奇蛻變，這也正是我對自我人生的期許。那時候，我還沒有研究蝴蝶，也不曾看著一隻蝴蝶在野地長大，而眼前這個即將重生的蛹，卻是在我時時勤探看的情況下長大的。從牠還是顆蝶卵，我便記錄著牠，當然也記錄著牠眾多的兄弟姊妹，以及利用共同食草的其他種蝴蝶幼蟲。我看著這些蟲兒們飽受天候考驗，也看著牠們彼此競爭食物，在這過程中，大部分的幼蟲先後死亡，能順利化蛹的屈指可數。眼前這隻強健的蟲能在風風雨雨及食物有限的情況下，成長至生活史的最後階段，著實不容易。而最令我期待的，莫過於牠接下來即將展現的生命變化。

六點九分，蛹的頂部出現了一隙裂縫！接著裂縫慢慢被頂開，蝴蝶的前足向外探索；然後再將蛹蓋撐開些，腳用點力，頭部出殼；停頓會兒，腳再用點力，胸部出殼；最後六足齊動，翅翼與腹部被快速拉出這花花世界。一個腹部肥大、翅膀皺巴巴的小團蝶體呈現眼前，我屏氣凝神盯著這看起來有點陌生的生物，牠節奏均一地微動著皺翅，動著動著，淋巴液注入翅脈，頃刻間皺翅撐平，一隻我所熟悉的黃裳鳳蝶在微雨中新生。凌空量測牠前翅垂平的寬度，約有十六公分，這是台灣本島最大型的鳳蝶。

我一邊進行調查工作，一邊等待新生的彩蝶起飛，看看在已無葉片的食草上啃著莖的幼蟲，再探探準備飛翔的成蝶，想起有位女友對我研究蝴蝶這件事相當神往，卻對我必須近距離數幼蟲的過程驚叫以對，我只能回應以：面對現實吧，美麗的蝴蝶都是毛毛蟲蛻變的。十時左右，那隻蝴蝶晾乾了翅翼，排淨了腹部體液，在我附近試舞一陣之後飛出林外，展開我無緣再時時探看的空中旅程。對牠，我自然是充滿祝福的，但在不遠的海上，強烈颱風已經向著這座島嶼而來，在經歷過生命中的重重考驗之後，牠揮動美麗的雙翼，又將迎接一場風雨……

挑戰完美巢樹

二月的時候，一對蛇鷹在珊瑚礁森林中營造了一個窩巢。這個鷹巢築在斜生於珊瑚礁崖壁邊緣的茄冬大樹上，自崖底騰空約二十五公尺高，巢上方有巨傘般的茄冬枝葉掩護，巢下則有茂密的附生蕨類牢牢將巢托住，無論以防禦天敵或美觀的角度而言，巢位皆可稱作完美。追鷹的研究夥伴在茫茫樹海中找到了這個巢，三月的時候在巢樹對面的崖頂搭了掩蔽帳進行蛇鷹繁殖紀錄。

這個研究猛禽繁殖的掩蔽帳，就搭設在我的蝴蝶研究區裡。掩蔽帳搭起後的兩三個月裡，我有幾次爬進帳內觀看成長中的小蛇鷹，我每探牠一回，都可見牠外貌出現明顯的變化，先時如一團白絨球，接著雙翼出現黑色斑紋，再來便撐起了修長的雙腿。在雙親一趟蛇、一趟蜈蚣的餵養下，雛鷹體型「很快」便已近雙親大小，全身羽色也蛻變為黑褐，只有大眼睛還閃亮著天真與懵懂。牠已強壯到看似可以離巢，研究人員必須抓緊這時機進行繫放工作，早了牠還太稚嫩難以承受繫放追蹤所加諸於身上的各種器材，晚了牠就將離巢而去難以捕捉與辨識。

繫放雛鷹是為了在牠離巢後繼續追蹤研究。七月的一個午後，叢林中炎熱無風，蟬鳴如潮，我們在崖頂掩蔽帳中揮汗觀察鷹巢狀況，待親鳥離開後即下到谷底，進行雛鷹的繫放工作。這位追鷹人上樹捉雛鷹的方法是利用爬樹器，他先以彈弓搭鉛石將釣魚線射向標的枝幹，再引較強韌的登山繩索攀爬，一切都似順利。他靠著幾條繩索、扣環及強健臂力，騰空上升到鷹巢的高度，但他卻在這時說繩索穿越枝條的位置不對，上樹可能會踢翻鷹巢，最後只好空手下降。這一刻我不禁失笑，不是笑他，而是望見巢中雛鷹正好奇地看著他，不知何以眼前升起一個龐然大物，然後又莫名地降了下去！

經過這番折騰，我們已來不及在天暗之前完成複雜的繫放程序，只好改日再來。微風入林，谷底終於有了些許清爽，騷蟬澎湃的鳴聲使得叢林彷彿在旋轉，兩人無聲地收拾著攤了一地的器材，身旁忽然響起動物踏草穿葉的聲音，一隻梅花鹿走入谷中，無邪的大眼睛與我對望了片刻，才又從容踏步而去，留下相視而笑的兩個人。這足以將人熱到中暑的林子，總是處處充滿驚喜，早上我在樣區做調查時，就巧遇黑點大白斑蝶羽化的美麗畫面，使人一整天都充滿好心情，即使腳上被林投銳刺劃了一道長長的滲血傷口也不以為意。走回車邊時圓月已低掛草原上，天地一片柔美，滿身汗味的兩個人安靜地看了會兒月亮。

隔天我們又回到崖底，並請來當地有五十年山林經驗的潘明雄大哥協助，以面對上樹時可能遭遇的困難。追鷹人又開始以彈弓將鉛石射出，但由於這次標的枝幹後方滿布細枝，鉛石總被纏住，在不斷射弓二個小時之後，鉛石終於脫逃不知去向，潘大哥見狀不慌不忙拾來一塊小石子，以歲月培養的技巧略做打磨後綁上釣魚線，讓追鷹人繼續射弓。也許是巧合，但更可能是石塊較重的緣故，這石塊一出弓便達成任務，穿過重重橫枝順利落地。

天熱無風，追鷹人以爬樹器往上懸升時，全身已如落水般汗濕。他緩慢地向上攀，一度乏力而吊棲於空中，但最終他上到樹冠層，並吃力地攀上了茄冬大樹。當他要上樹時，我注視著巢中那隻雛鷹，牠略為不安地踱步，我緊張的是，牠會不會在這時點上振翅而去？因為這樣的悲壯情節這個夏天已經發生過兩次。所幸追鷹人終於到達鷹巢邊，順利捕住雛鷹並以背包將鳥兒垂送至地面，我和潘大哥在地上先安置雛鷹，他則在樹上做了確保後行走於橫枝之上，進行鷹巢的基礎資料測量。身為昔日獵人的潘大哥看著手中雛鷹笑說：「這麼安全的巢，小鳥還捉得下來，他大概是蛇鷹最大的天敵。」現代的研究人員借助科學裝備，某些時候似乎顯得比老練的獵人更有「本事」，不過若沒有潘大哥找來的那顆小石子，研究人員有再大的本事可能也無法順利登上這棵巢樹。

「我好像有懼高症。」樹上的人說。這應該是笑話吧！這兩年來，這位蛇鷹天敵到底爬了多少大樹？恐怕連他自己都不復記憶，此刻竟然懼高症發作？然而，他要離開大樹下降時的確出了問題，他枯坐在樹幹邊緣良久而無法移動（大部分的人都有懼高症，而人類的懼高症也的確總是突然發作）。蟬鳴鳥唱在膨脹的空氣中迴盪，時間一分一秒過去，我以攝影機拉近看愁坐樹上的人，心中頓時百般滋味翻湧。在過去的兩年，我們在這千餘公頃的熱帶叢林中各自走著崎嶇的研究之路，記得剛入林進行調查時，我面對叢林的一切幾乎亂了方寸，擬好的研究方法在這珊瑚礁岩林立又四處藤蔓阻路的土地上，完全無法發揮，還好不久便遇見這位尋找鷹巢的追鷹人，研究區域完全相同的巧合使得初步的調查有了工作夥伴。

第一次相約入林調查，是一個晴朗的四月天，在林中尋覓半日之後，竟然大雨傾盆，我們在珊瑚礁凹壁裡避雨良久，唯恐耽擱行程，追鷹人就地取了芭蕉葉當傘遮雨，一人頂著一把芭蕉傘走在林中，雨滴在或大或小或厚或薄的各式枝葉上敲出各種音符，看著晶亮的綠意裡他童話般的背影，我一身疲累頓成笑意，而這個畫

研究人員攀上完美巢樹

巢樹上的蛇鷹親子

面，後來也成為我腦海長存的圖像。然而當時見他似無方向的領路，我不禁問這樣走會不會迷路？他說：「不會，因為這裡沒有路。」幸得林外有海濤聲，調查結束後我們只要往海的方向走，就會抵達海岸公路。

後來蚊群成為我深入叢林最大的夢魘，不過，被群蚊攻擊還是比被群蜂攻擊幸運得多。有一回追鷹人撞上蜂巢，面對傾巢而出的蜂群來不及脫逃，只好伏在草叢底靠背包護身，雖然當時蜂群對他的背包顯得比對他更具敵意，但他也在草叢底趴伏了很久才等到機會狼狽逃離。他研究鳥類，我研究昆蟲，雖然研究地區相同，研究對象的生存環境與研究方法卻不同，有別於他在鳥類繁殖季的巢樹尋找，我需要設立許多長期監測的樣點，而在樹叢與藤蔓交織的叢林裡，多虧熟悉叢林的他襄助，研究樣點的設置才能順利。不同的研究也面對著不同的難題，我必須不問陰晴地按時持續調查，他則每年得重新探索蛇鷹營巢的位置，在寸寸搜尋間不免有不大不小的意外，一天我與研究志工在樣點進行調查，他忽然來電話說被變側異腹胡蜂攻擊，身上發冷無力，交代了所在的位置，囑咐我十分鐘後若未再接到他的電話就代為報警。所幸後來他幸運地回復了體力，又繼續獨自在林中工作。又有一回，我結束調查工作之前接到他的電話，說是一早從山頂走到山腰，可能有些中暑而無體力再走回山頂，請我調查結束後載他一程，我到達相約地點時他已坐等許久。那時山坡上暮色深濃，弦月初上山崗，滿天紅霞自海上漫向山邊，南風送來海的氣息，我在天地大美之前展臂深吸一口氣，望著熟悉的叢林，胸中滿溢一種難言的安詳滿足。

谷中依舊無風，時間一分一秒過去，他仍然卡在樹上。我看著這一向神勇的研究夥伴，有點感動地拿起相機按下快門，快門聲驚動了在樹上沉默許久的人，他說：「這麼丟臉妳還拍。」我卻以為我拍攝的畫面是「勇氣」，能面對甚至克服恐懼就是勇敢不是嗎？我和經常協助他的潘大哥都相信他最後一定會克服恐懼完成工作，所以也未說任何安慰的話語，只是靜靜地等待著。

「我等一下可不可以不要再上來了？」等他下樹完成雛鷹的繫放工作後，還得再上樹一次，把鳥兒送回窩巢。

「好哇。」我和潘大哥同時回答。

他還是沒有離開那棵樹。那棵樹與他以往攀爬的樹的確有些不同，除了樹高還加上峽谷崖壁的高度，地勢使然，升降都得懸空。這種研究，的確挑戰高難度，我曾因叢林調查的困難想放棄自己的研究，但見他面對的難度更高於我，於是苦撐過那段最初的叢林探索過程。我也需要攀上樹冠層，因為我研究的蝶蟲大部分住在那兒，但由於蝶蟲吃的食草（港口馬兜鈴）較常攀附於四公尺高左右的樹上，所以我可以架設梯子或較輕鬆地爬樹，不過要找到這稀有的蝴蝶食草並不容易，且一旦開始便必須定期調查不能中斷。每當秋冬季節到來，研究蛇鷹繁殖生態的追鷹人便可以較少出入叢林，我卻仍得依不同的研究設計，每旬一次、每週一次，甚至每三天一次持續調查工作。當東北風吹得樹冠如浪翻騰，攀在樹上的我也隨樹搖晃時，我終於明白野地調查工作無論是挑戰高難度或耐力，都考驗著研究者的堅持度。

叢林去來，四季無休，風大時雙眼會被吹出往空中飛散的淚水，無風時群蚊會殷勤將人團繞甚至闖入防蚊頭罩；天剛破曉時刻容易看見蝴蝶的羽化，日出的時候猴群會在崖頂沐浴朝陽，午後畫眉鳥愛在灌叢上歌唱，傍晚時分烏頭翁已經找好入夢的眠床；趕路時要留意別踢翻了常假裝是一塊石頭的食蛇龜，站在林投樹上要注意腳下有無龜殼花經過，鑽入密林裡要小心別一頭撞上帶刺的樹；而架在叢林裡的鋁梯竟然全被偷去時得改立沒人要偷的竹梯……日子久了便發覺自己漸漸熟悉了叢林的規律，後來又發現，也許是叢林中有太多吸引人或需要你全神貫注的事物，紅塵煩憂總被擋在叢林之外，艱難的調查工作成了生活中情緒最大的出口。但再熟悉自己的研究環境，仍會發生如今日巢樹上的意外插曲。

他終於下樹。降落後三人快速量測雛鷹所有的資料，並為牠繫上腳環、套上翼標，又讓牠背妥無線電追蹤器，一切程序完成後，他將雛鷹背在身上，再一次攀繩上樹，彷彿之前因「懼高症」突然發作卡在樹上的情節未曾發生過，而且這次下降時他不再顯出恐懼。我明白他以後不會再有類似的恐懼，因為我也有相似的恐懼經驗，一旦克服之後，便已突破瓶頸。

「妳手臂怎麼被咬成這樣？」因為太熱，我捲起衣袖露出一截手臂，一天下來已被蚊子叮得腫包成排，不過追鷹人臂上的蚊咬也很可觀，兩人比了一下，因為他面積比我大，對蚊子的貢獻也比我多。收拾好所有器材天色已暗，夏蟬終於靜歇，紡織娘開始為夜高歌，竹雞家族正匆匆趕路回家，織女星等不及天色全暗便點亮了星光，我一邊抓著手臂一邊走出叢林，有人問：「很癢嗎？」

是很癢。但我知道這紅癢的小丘疱明天就會淡去，而那林間的種種顏色、種種聲音、種種畫面、種種故事，會長留在心上，成為生命向前的能量。

風大的日子

早晨拉開窗簾，窗外長空陰鬱，樓下椰樹林的長葉一致因風西南向飛揚，宛如大軍出征時的旗幟飄飄。椰林外大垃圾筒邊，一位榮民老伯正將上半身探入筒內翻找可回收的垃圾，我正瞧著他的背影，一只塑膠袋忽然從筒中竄出，一下便被風吹遠了，老伯抬起蒼白的臉望了一眼隨風而去的塑膠袋，又回頭往垃圾筒中尋覓。我的住處附近，住著不少像他這樣的老伯，在同一方水土上，我們各自過著完全不同的生活，唯一的交集，可能是我特意為他們分類收集的資源垃圾。

出門做生態調查時把收集了一段時日的空寶特瓶帶到垃圾筒邊，好方便下一個老伯帶走。

沿著海岸公路行車，擋風玻璃上總有細細的雨珠撞過來，巴士海峽的透明水浪逆風仰頭，浪頂還飄起霧狀水珠白髮，我雖有調查工作在身，仍不禁在一處小海灣停車看風裡的浪。小海灣停著幾艘舢板，一位皮膚黝黑的本地老人在搖晃的漁舟上圈收繩索，這樣風大的日子，是不會有漁船出海捕魚了，那臉上布滿歲月痕跡及陽光色彩的老人，應該只是在整理船隻等待出航，或者在打發生活，而他們的生活，往往就成為我這異鄉遊子的眼底風景。他的身子和衣衫在我看來都顯單薄，但他收完繩索後站在船頭望海抽菸完全不理會強風。

將港灣風光收在腦底，鑽入叢林來到研究樣區，林中枝葉狂舞，我調查的蝴蝶幼蟲有不少從食草上掉落。登上離地五公尺的梯子，風吹得人難以在梯上安立，想藉搭扶枝條穩住身子，狂野的樹枝卻似要將人彈甩出去，這迎風海岸的風，至少有十級吧！搖搖晃晃檢視葉片，蟲明顯減少了。風愈吹愈冷，我不得不下到叢林底層，讓綠樹為我擋風，無論如何，調查工作是不能中斷的，尤其在這強風逆境中，蝴蝶生存與環境因子間的千絲萬縷情節，還有待絲絲探索。叢林底層有許多小幼蟲爬行在並非食草的枝葉上，強風已經連續吹了好幾天，牠們八成被風吹落，看起來健康不佳生機渺渺，而我能做的，只有觀察牠們的自然發展，忠實記錄，畢竟牠們已在這多風的半島上生存了無數世代，只要棲地不被毀滅，相信牠們自有因應之道。

鑽出樹林聽見空中有鷹鳴，抬眼望見大冠鷲，但才一會兒牠就教強風給拋遠了。我不禁笑這鷹未免太誇張，這樣的天氣還飛上天空做什麼？但隨即意識到，也

風裡的浪似長了水霧的白髮

小海灣裡等待風停出航的舢板

許相遇的那一刻，牠也在笑我太誇張……

那鷹到底還是穩住了陣腳，在遠空中成為平穩的黑點。長空下，遠近的樹都順風傾向西南方，枝葉因風作響一如我的衣衫。這風，至少十級了吧！但適應它，是我們這些半島居民的必然，各種生活方式的人和蟲和鷹和樹都一樣。

新月照車河

白晝只餘最後一線光，夕陽去處，如眉新月與金星並行於日與夜交會的暗藍色天空。

天空太美，我只好買了晚餐帶往視野開闊的潭畔。抵達潭畔之前，卻為對側車道的塞車景象感到震驚，那是週六黃昏墾丁觀看夕照的車潮，但此時星光月色都已清明，離日落已經有一段時間，交通竟還如此擁塞！不禁暗自慶幸我與那道車流反向而行。

星月之下，潭水之前，晚餐自然十分可口，然而我前望自然大美，後看人間車河，心上不免咀嚼一股特殊的滋味。暑假以來，我和同事們的生活就陷入苦悶的境界，尤其每逢假日，值勤的同事們總因上下班塞車而發出無奈的嘆息，而我和志工在車行如龍的公路旁進行調查時，也常有搏命之慨。假日過後的四處垃圾更令人痛苦不已。但這是全民的土地，我們這些在地住民也只好努力忍受旅遊人潮帶來的不便及生活品質的減損。

水畔獨步，水光似鏡，透明天幕中室女、天秤、天蠍、射手星座沿著黃道以地球自轉的節奏向西滑步，大北斗、春曲線、牛郎星、織女星、夏三角將夜空妝點得華麗無限，時近八點，西斜新月仍然照著身後一道車河，我徘徊潭畔不為流連夜色，只因交通難行。流星飛過時手機響起，是訪客回到居住城市的聯繫，他中午為迴避南灣的塞車，原本七公里可達的路程，繞行了二十餘公里……

新月將落時，我終於車過白天瘋狂塞車的南灣路段，往位於南灣與墾丁之間的辦公室回返，正歡喜，卻在車過南灣約半公里處又塞住了！這回是自墾丁大街堵塞而來的車潮。這片土地的交通動線，顯然已負擔不起熱情湧入的旅客。

望向海上星光和漁火，真無法相信，這是我居住了二十年的海角淨土。自從國家公園內與左近農地長出的不再是農作物，而是一片片如雨後春筍般的「民宿」，這片土地可收留的遊客便愈來愈多，於是，假日沙灘上人群擁擠尋不著一尺平坦的沙土、公路上車多連成阻塞的鐵河，我在車河之中，無法計算一公里外的辦公室何時能抵達？

海的氣息依舊，新月已西沉，不知前後左右這些乘興而來的旅客，現在是怎樣的心情呢？至於我這個在地人，唉！怎一個愁字了得。

日與夜交會的潭面天空

海角停車場

在台灣最南端，臨近鵝鑾鼻的角落，有一處美麗的貝殼沙灘，名喚砂島。砂島沙灘是國家公園的生態保護區，遊人不可進入，只能於沙灘邊的停車場或觀景台展望絕妙風光。因無人跡，這片貝殼砂海灣有著墾丁沙灘難得的清淨優雅。為了維護這視覺上的清淨優雅，即使是工作人員，也盡可能不踏上這片沙灘，我的叢林調查工作來到這裡，也謹守樹林界線未越雷池一步。

熱帶叢林的研究工作，對一個人的體力、情緒與意志力都深具挑戰，我與研究志工阿祈可以持續多年進行野外調查，應該與砂島這片風光有微妙的關聯。彷彿是一種儀式，我的蝴蝶生態調查工作總是從這裡開始。

面對一日極具挑戰的野外調查和無私奉獻的志工，我總會不嫌麻煩地在清早出門前調煮兩杯咖啡，然後與他一起來到砂島停車場，在「全世界最美麗的海水」之前，啜飲我親手調製的芬芳。於是，砂島始終是我們叢林工作開始前的暫停處，即使在從日出到日落不停歇也無法做完調查的日子裡，也不能刪除砂島看海喝咖啡的儀式。我深信是這儀式幫助我們在體力幾乎耗盡時，還能拖著沉重的腳步爬過林投叢或二公尺高的軟籬。

那海水之前的短暫停留總教人心底無限愉悅，一日辛勤工作的能量彷彿在此儲備妥當，情緒也安頓就序。日復一日，年復一年，手中咖啡流轉不同的風味，友誼的醇香更較咖啡濃郁。而隨著陽光的角度和季節遞嬗，以貝殼砂為底的海水也有色彩及風情上的變化，最澄澈湛藍就在早晨，最富表情張力就在冬寒歲末。寒冬風大，海浪向岸邊而行時總迎風挺腰，浪頂水珠飛散如髮，這樣的畫面看在我們眼底，心中就備感幸福，因為這意味著今日叢林中不再群蚊襲人與悶熱難耐。

這兩年，所有來訪的親友我都會帶他們到砂島這座海角停車場看海，因為在我心中，這是一處最美麗的停車場。

砂島貝殼砂海灘

梯子

萬里長風落山而來，我腳下踩踏的樹枝微微搖晃，眼前似海綠葉頓時跳起波浪之舞。一隻稀有蝴蝶在我身前舉尾產下兩顆卵，然後穿林而去，留給我滿心笑意。

因為研究的蝴蝶泰半將卵產在叢林上層的食草上，為記錄蝶卵和幼蟲，我常在樹林上層活動。童年的爬樹功力，不意在此時派上用場。然而並非每一棵樹都適合攀爬，無法徒手攀爬之處，梯子即成為最便利的研究工具。感謝落山風壓抑了群樹的生長，墾丁叢林的樹泰半不高。

記得兒時歲月，父親常爬上梯子修剪果樹或採摘水果，而今梯子也成為我經常使用的工具。我用的梯子包括高低不同的鋁梯、竹梯，以及志工幫我綁在樹枝間的「樹梯」。在各種梯子中，鋁梯是最輕便的了，每座買來的鋁梯，都經我和志工精心噴繪迷彩，再合力扛入荒野，頗費周章地安置於叢林樣區中。原以為上了迷彩的鋁梯就能在樹林中遁影無形，誰料，不過年餘，所有迷彩鋁梯都被偷走了！

「妳就把梯子放在野外啊？」同事問。

「在荒野中架一座梯子大約要花半天時間，我有很多樣區需要用梯子。」我沒說的是這些梯子相隔數公里遠。

「妳沒有把梯子鎖在樹上嗎？」從事鳥類研究的夥伴問。

「小偷鋸斷鏈住梯子的樹木，連鎖一起偷走了。」我答。

於是，我全數改用笨重的竹梯。一座六米高的雙面竹梯需兩名壯漢合力方能搬移與架設，果然無人願偷。

然而無人願偷的竹梯，卻容易腐朽。且當颱風來襲時，竹梯也如林木一般容易摧折。約莫兩年，竹梯就會在我們攀爬時鞠躬盡瘁斷成兩截。

為了解決鋁梯被偷，竹梯又易腐朽摧折的難題，指導教授教我思量搭設輕鋼架塔梯的可能性。我評估之後回報熱帶叢林內部鬱密，而我所調查的藤本食草在被蝴蝶幼蟲食盡舊枝後，會往不同方向萌發新枝，新枝攀爬的方向不可預期，搭設固定塔架可能不合適。老師說：「天下無難事，只看我們是否有心。」於是迅速南下墾丁深入叢林現場指導。然而，現場環境崎嶇不平，藤的走向也難以控制，老師衡量現場狀況之後慷慨指示：「看起來還是梯子最適合，妳注意安全，需要研究經費告訴我。」

穿越林冠的竹梯

叢林歲月，梯間去來，有一回登上樹頂調查時，心事徘徊、神思迷濛，下五米竹梯至中段時不慎跌落！落地後回神發現自己躺在厚墊般的森林腐質層上，全身除了手臂擦傷及背部肌肉拉傷疼痛外，似乎無大礙！雖無大礙，但也一時無法繼續工作，我坐在梯子最下層，望著眼前熟悉的森林，林中聲息一切如常，連蚊子都未因我剛才的失足而捨棄我。片刻之後，思及自己為什麼「好端端」的日子不過？要獨自置身這即使昏厥也只能靠自己醒來的樹林裡！不禁放聲大哭……然而，林中迴盪的蟬聲卻無視於我情緒崩潰，依然一波接續一波地唱誦天地的美好，直到我擦乾淚水與汗水，歪著身子起身行走，林中聲息仍然如常。我望著一如往常的森林，便也一如往常地走向下一個梯子。

初春時候，父親來訪，我恰在叢林中記錄蝴蝶羽化，我請他前來我進行研究的公園，然後帶他走入叢林，為他引見那隻剛羽化的稀有蝴蝶。父親進入林中只向美麗彩蝶看了一眼，便不出一語地四下張望，我興高采烈地向他說明我的研究工作，還拍著竹梯問他要不要爬上森林冠層看看林外緣樹連海的風光？他卻臉色凝重地說：

「妳讀那麼多書，怎麼還在這麼髒的地方工作？」

我一時語塞，但旋即明瞭：父親一生與田地為伍，卻從來不讓女兒幫忙農事，此時見我深入叢林枯枝落葉之中，且與他一樣在梯間上下，心裡不捨。

此後爬上梯子時，我常會想起父親的話語和神情，也想起昔日父親在梯間上下的形影。相同的梯間路徑，他為全家生計，我卻是為一種蝴蝶的保育。透過父親辛勤為我搭設的世代之梯，農村子弟如我，即使也爬梯子工作，卻有了與上一代完全不同的生命體味。而發生在我和父親之間的情境，想來也並非這島嶼農村的特例。

野林之夢

辦公室附近有一片雜木野林，我在其中進行蝴蝶與食草關係的研究實驗已經許多年。那雖然是一片極為普通的林子，但隨著年歲的流轉與季節的遞嬗，林間總不乏令人驚喜的風光。其間微妙，大概只有經常出入野林的人得以細探。

有時候林間會開出一片片剔透精巧的地生蘭花，有時候明豔的黃裳鳳蝶會來這裡產卵，有時候被打擾的眼鏡蛇會使勁呼喝告知你闖入了牠的禁地，而當寧靜的林間忽然喧嚷著各類鳥鳴，那便是有一棵樹果實成熟了。這裡最容易誘來鳥群的樹，首推大葉雀榕。大葉雀榕盛果時期，便宛如一場野林夢境，整座樹林霎時被野鳥包圍，從清晨到黃昏，鳥語總不斷。由於果實太豐盛，即使松鼠也來搶食，樹下也有落果厚厚堆積，這些落果便成為地上昆蟲的佳餚。而當樹上果實稀疏，鳥音零散時，地上落果發酵的氣味反而引來更多的昆蟲，其中包含數大的蝴蝶。

去年七月，一個大雨過後西南氣流旺盛的晴日，樹林散發著大葉雀榕落果發酵的氣味，我走入林子即感覺身周瀰漫一種不同以往的氣息。抬眼而望，下垂的藤蔓與細枝幾乎都停棲著紫色的蝴蝶，遠看宛如互生的葉片，走近時部分蝴蝶飛起，但稍稍移位後又靜息。停步細細端詳這座林子，幾乎每一個角落或多或少都懸掛著蝴蝶，蝶種以紫斑蝶為主，間雜少數的青斑蝶，部分蝴蝶正進行著求偶交尾的儀式。隨著我移動的步伐，懸掛的蝶群依序起落，斜射入林的日光映照出蝶翅的彩光，使樹林繚繞著童話般的氛圍。這已不是我熟悉的樹林，我彷彿不意間墜入一個奇異的空間，好神奇呀。昆蟲學家說，落果發酵的氣味可能引來蝶群，濕度大時斑蝶群也會集體飛出進行交尾，而風相對較小的樹林，也可能成為蝶群避風的臨時棲所。這些緣由都符合這片樹林當下的條件，但我唯一可以確定的，是牠們並非這裡的原住份子，而是偶然來此歇腳的旅者，過去幾年並未見此現象。隔日，數大的紫蝶便已失去踪影，我彷彿和這座樹林共同經歷了一場白日之夢。

今年七月，蝶群遲遲未再出現。這天，天熱得誇張，走入鬱閉的樹林時帶著些許無可奈何的情緒。但入林之後，卻意外撞見一場夏日的夢幻婚禮。兩位主角皆著白底黑斑紋的彩衣，在光影搖動的林間，那禮服華麗而夢幻，令人不禁駐足細看這場旖旎風光。那是大白斑蝶的婚禮，這種美麗而大型的蝴蝶雖然不是我研究的蝶種，但牠們生長的環境與我研究的蝶種相鄰近，遇見的機率頗高。大白斑蝶平時飛

大白斑蝶的夢幻婚禮

行速度緩慢，極容易觀察，但最無抵抗能力，莫過於眼前這交尾的時刻，任憑我多麼不識趣地拍攝，牠們總靜止不動。這對蝴蝶中的雌蝶，是在這林中成長的，羽化不久即被雄蝶尋見，而在婚禮的現場，還有一個金色的大白斑蝶蛹在光影裡等待羽化。光是自然界的色彩魔術師，原本就金光燦爛的蝶蛹，當被篩落林間的陽光投射時，更呈現透明奇幻的光彩，使人目光不忍離開……

許多朋友對我長期在熱帶野林中進行研究感到不解，因為林中總不乏悶熱與蚊群糾纏。悶熱與蚊群的確令人十分苦惱，但每當我走出叢林，這惱人之事即隨風散去，而那一場又一場不可預期的野林之夢，卻常在腦底生輝。其間微妙，也只有經常出入野林的人得以咀嚼。

有蛇

我該如何形容對蛇的感覺呢？

自從孩提時代釣青蛙被草花蛇爬過小腿，那駭人的涼溜感便深烙心扉，一直堅信自己十分怕蛇。至國家公園工作後，由於辦公廳舍闢建於山坡林地，我從此與蛇族相會頻繁，這些年在熱帶叢林從事野外調查工作，更加有緣與蛇相遇。

而每一次的人蛇相遇，倉皇逃離的似乎多是令人生懼的蛇。

研究志工阿祈算得上山林老手，野外調查工作樣樣較我順手，但一遇上蛇，總下意識後退一大步，每當他喊：「有蛇！」接下來的情節總是他後退而我舉起相機衝向前，結局卻是那條蛇匆匆離去，我只拍攝到蛇的背影。

我如今遇蛇膽敢向前觀看，依仗的是距離。長年與蛇居住同一片土地，我大約明白牠們可以忍受的接近距離。然而，頻繁出入叢林，總難免遭遇驚嚇時刻。那天，我攀上林投橫枝記錄食草上的蝴蝶幼蟲，三棵林投樹外的阿祈忽驚喊：「跳上去！跳上去！」我奮力躍上上方橫枝，只見一條肥壯龜殼花同時被彈起，然後掉落

擺出戰鬥姿勢的黑眉錦蛇

地面疾行離去！牠自然無意於我，但如此狹「路」相逢，還真讓人不知自己情緒在何處。

在我認識的人當中，辦公室的同事似乎相對較不「怕」蛇。一日，同事宏仔協助我在辦公室旁的樹林中種植馬兜鈴藤營造鳳蝶棲地，當工作結束，我立於一棵大樹旁，腳邊響起生物叫聲：「呼—呼—呼」，這聲音聽來並不陌生，但我疲累的神思一時卻分辨不出那聲音究竟屬誰？不久完成善後工作的宏仔向我走來，語調平靜地說：「這隻蛇怎麼叫得那麼大聲？」我聞言立即憶起——那是眼鏡蛇的警戒聲！

一個夏日午後，我在樹林邊工作，常在辦公室遊走的前流浪貓妮妮一反常態發出凶悍叫聲，接著便聽見同事喊：「有蛇！」回頭見妮妮正與一條美麗的大蛇對峙。那是一條蜷曲身子脹大脖頸、擺出戰鬥姿勢的黑眉錦蛇，虛張聲勢的妮妮不久便敗下陣，但已引來許多同事圍觀。眾人圍著進退無路的錦蛇拍攝、欣賞、讚美，錦蛇則在眾人圍觀之下挺擺戰鬥姿態，不安之情顯而易見。好不容易同事們才依依不捨地讓出一條供錦蛇回返樹林的路。當牠伸長身子爬行向樹林時，同事讚歎這蛇已有兩公尺長。

與蛇族共同生活於一片土地的同事們，也和我一般，因漸漸了解蛇的習性與處境，畏懼之情悄然改變了吧！

然而蛇這生物，自伊甸園起始，彷彿就在人們心中種下不安的情愫，對蛇的感覺，無論如何不能說喜愛。但牠豈因人的喜愛與否而存在？這大自然多樣生命中的一員，自有其生態位置，鼠類一族因牠而收斂，蛇鷹一族因牠而繁榮。對蛇的感覺，最終就是：自然界必要的存在。

於枝繁葉茂的季節穿梭叢林，識趣者必備妥高筒膠靴，以求與蛇族兩相無事、互不傷害。

重回熱帶叢林

落山風在林外呼吼，淡小紋青斑蝶在林下求偶，我的心，隨一隻在小徑上因風滾動的小胖蟲而快動作彈跳。已經很久，沒有這樣一個人站在叢林中了。

這片久違了的墾丁珊瑚礁森林，今年冬天明顯地較以往濕潤。雖說濕潤，那也只是與往年相比較，這片多風的土地只要東北季風一起，便要穿越半年的乾旱，這個冬天意外多雨，也許與全球氣候的變遷有些許關聯。那意外的雨水，帶來林中歡快的氣氛，許多植物的種子在這冬深時節青翠萌芽，其中還包括我調查了多年的港口馬兜鈴藤。除了種子，植物葉片也因水潤而鮮綠油亮，難得地在冬日裡生意盎然。但最快樂的大概是蚊子吧，往年這時候牠們多已消聲匿跡，這會兒卻還狠狠地咬著我，然而這曾教我無限苦惱的蚊咬，此刻也因親切熟悉而讓我心生莞爾笑意。

去年的風季，我因調任首長辦公室擔任幕僚，無法再繼續進行野外調查工作，新工作的性質與以往迥異，那間小辦公室決定國家公園廣大土地的經營管理與發展方向，真實的熱帶叢林種種卻淡出了我的生活。時光飛快，一年已過。我明白新的工作極具「意義」，但每望向樹林深處，心中總有揮之不去的愁悵。

這會兒終於趁假日從生活中抽身，置身令人感到無限愜意的場景中。肚子餓了，隨意坐小徑旁吃點乾糧，雙眼還可以張望層層纏繞的綠意。林外呼呼的季風雕塑著這片森林，礁岩間的樹大多不能高長，且因立地基質貧瘠而普遍細瘦，我可以讓目光去拜訪、分辨林間的植物種類。一隻黑枕藍鶲跳入視線，我們應該是認識的吧？進行野外調查的那幾年，我每隔五至十天便會在這裡出現，彼此是該有點認識的。牠跳過來，跳過去，像是打過招呼又跳走了；而那隻跳著結婚舞蹈的淡小紋青斑蝶依然賣力地原地振翅，因為停伏在葉面上的雌蝶還未接納牠……

我的張望其實並非完全無目的，我一直在尋找記錄的那種藤，最適合存活的位置，就是這種林相低矮的珊瑚礁叢林，此刻它的葉片正數大而肥美，也許我會有發現它的運氣。隨即自己覺得好笑，這也是一種走火入魔嗎？調查早已告一段落，資料也已分析整理寫成科學文章，我的目光卻不能停止在林中搜尋它！

就算了吧，好好品嘗一下有風聲、日影和叢林氣息相佐的午餐滋味吧。目光依然轉動，突然林間彷彿乍現閃閃金光——在離小徑約六、七公尺處，好像有我熟悉的葉片高掛在森林中上層！衝向它，完全無誤，就是我尋它千百度的藤。找到從礁

熱帶森林中遍布藤蔓

鵝鑾鼻珊瑚礁森林

岩裡鑽出的木質主莖，直徑零點六公分，這是一株青少的藤，我快速量測所有相關資料，並給它一個編號。這種植物在目前破碎化的森林中子代更新相當困難，所以發現這青少植株讓我十分欣喜。與論文是否已經完成無關，它的存在就已令人喜悅滿載。

回到小徑旁繼續未完成的午餐。靜享清風，自己最適合存在的位置心中已清楚明白，但如何去到或回到那個最適合自己的位置，就是一門超越博士論文的功課了。

颱風與蝴蝶

在島緣強勢叩門卻腳步遲疑的颱風，終於選擇登臨這座島嶼。屋外風聲嘯吼，門縫陣陣吹響強風尋路時的哨音，窗外一片迷濛，大雨教狂風吹颺成水霧的布幕，雨幕中眾樹皆彎腰，空中不時傳來枝條斷裂聲，窗對面一棵木麻黃大樹，更在我眼前被強風攔腰折斷。

風雨背窗而來，我有房舍為屏障，還能開窗望風雨，那些我所熟悉的大自然生靈呢？恐怕此刻正遭逢生死一線的劫難。

自然界中對生物影響最大的環境因子，莫過於氣候，而台灣的氣候因子中，最暴烈的干擾莫過於颱風。學習生態學之後我一直這樣認為。

記得二〇〇四年剛開始進行野外蝴蝶生態研究不久，遇敏督利颱風來襲，因心中掛念風雨中蝴蝶幼蟲的狀況，竟如著魔般，大雨未停歇即趕赴蝴蝶棲地一探究竟。風雨中以脆弱之軀面對大自然的殘破，只能慶幸人類文明對如我這般不甚強壯的個體的庇佑。而至現場看見泰半蟲兒都教風雨打落失去蹤影，心中萬分不捨之

颱風雨後港口馬兜鈴新苗齊發

蝴蝶幼蟲食盡大部分食草幼苗

餘，更加深颱風為自然生態負面因子的看法。

然而野外研究持續多年之後，對於颱風這個生態系的干擾因子，卻漸漸有了異於以往的思量。二〇〇五年與二〇〇六年的野外調查，出現一個令我驚奇的有趣現象。

二〇〇五年夏秋之間有四個颱風連續影響恆春半島，其中海棠颱風更使楓港橋斷、終年鬱鬱森森的海岸林頓成焦枯世界！幾番風雨過後，綠野間蝶影寂寥。然而這幾無前例的廣闊焦枯與寂寥，卻喚醒一場前所未見的蓬勃新生——枯禿林冠不再攔阻陽光照亮林床，休眠於幽暗林下的蝴蝶食草種子，終於在不缺陽光與水分的環境裡甦醒，一場新苗齊竄的生之采光在珊瑚礁森林底層四處蔓延……

颱風帶來的風雨摧殘了大部分蝴蝶與幼蟲，新生的藤本食草得到陽光、水分滋養，又無天敵啃食，半年光陰即將綠意層層繞上枯枝。然後，災後羽化的母蝶開始在豐足的食草上產下零星的卵。

二〇〇六年，全年風調雨順完全無颱風影響，初春開始，我研究的蝴蝶族群因食物充足而快速增長，世代連續無間斷。這未曾想見的欣榮繁華，使我和研究志工數蟲數到精疲力竭，心中卻因見證稀有蝶族的大起而充滿歡喜。

然而蝴蝶族群的快速增長，帶來的卻是對食草的強大傷害，那年六月，研究區中的食草葉片幾乎被幼蟲掃光，不少食草的主莖都被啃斷！食草凋零後幼蟲相繼餓死，母蝶也無葉片可產卵，一時之間這蝶族的數量暴跌，七月間，我的八十餘處調查點，沒有記錄到一顆蝶卵或一隻存活的幼蟲，只餘數個蝶蛹寂寂等待羽化。那一場教我無限疲累與歡喜的如夢繁華，竟是蝴蝶族群內部的重大災難。

後來的三年間，這蝴蝶的數量皆在低谷掙扎。

二〇一二年夏日，在豐茂的食草供養下，半島上蝶蟲數量大增，我長期監測的稀有蝴蝶食草，每株都在幼蟲的啃食下莖葉殘破，眼看就要重蹈二〇〇六年食草與蝴蝶族群相繼衰敗的覆轍！然而此時颱風與大雨接踵而至，幾乎洗盡蝴蝶幼蟲，只餘已化蛹的個體，等待食草萌葉後繁衍新生世代。一場兩敗俱傷的危機因此緩解。

長年的野外記錄，使我幾乎相信：颱風的干擾，對熱帶森林中蝴蝶與食草的互動有一定的調節作用。若如此，颱風對蝴蝶族群的長期發展，豈是負面影響？

那麼困擾人們至深的極端氣候現象呢？對於族群數量容易大起大落的蝴蝶而言，極端氣候將帶來何種意義呢？倘若以「族群」的角度來看人類，極端氣候帶來的，又是何種意義呢？

卷三　山丘上的部落

尋找一條生態旅遊新路線

天空中沒有一片雲，站在梅花鹿復育區研究站外，四方襲來的，是熱帶森林深深濃濃的綠。

為了在墾丁高位珊瑚礁森林中，尋找一條生態旅遊新路線，在這片土地生長、如今已退休的同事潘大哥，領我在八月豔陽下走向一片我從未涉足的林地。

起程便是一段上坡路，但行進間觀望四周地形，視野之內只有低緩丘陵，這意味著後段路程將逐步平坦。潘大哥腳步健捷，我一邊喘著氣，一邊盤算著這段上坡路可以消耗掉多少昨晚大吃大喝所堆積的能量，實在太喘時，便藉觀看道旁的過山香粉紅果實調整體力。

水聲嘩嘩，小橋橫跨刣牛溪，珊瑚礁森林的溪水節奏由雨量指揮，這個季節的水歌是雄渾快板，但至乾旱冬日，便漸奏漸緩終而休止。過小橋，穿疏林，不久看見一小池水源地，圍繞水源的是山豬留下的明顯拱痕和稀疏綠草，停步看了會兒，也許自己好心情，總覺在這優美小景中留下拱痕的野豬很有福氣。

跟隨潘大哥的步伐來到一片毛柿母樹林，由林區管理處所立的告示牌說明了這片毛柿林占地一百四十公頃。毛柿是珊瑚礁森林的主要原生樹種之一，也是雕刻市場的高級用材，這群毛柿苗木民國之初植下，經百年光陰灌溉，如今已經森森成蔭。在綠葉密生成叢的毛柿林內，光量與林外有著相當大的差異，從鬱閉無風的林中向外望，日光在群樹之外立起視覺上的白幕圍籬，雪亮成一片迷濛。由於陽光被擋在林外，毛柿林下能夠萌生的各類植物小苗相當有限（也有學者提出毛柿會產生抑他物質，克制其他植物生長的看法），林下地面泰半空淨，舉步其間相當舒適。

夏天是毛柿果熟的季節，林內滿地橙紅落果，許多殘果上記錄著各類動物取食過的痕跡。潘大哥說毛柿果實在不同階段有不同的覓食者——獼猴、松鼠喜食樹上脆果；山豬、梅花鹿取食剛落下的新鮮熟果；果實變軟後則有食蛇龜來吃；獼猴在樹上邊吃邊丟，咬過的果實丟棄於地面還會有昆蟲來覓食。我從地面拾起一塊帶肉的果皮，詢問是哪種動物的食痕？他說被吃成這樣不是一種動物所造就，應是獼猴或松鼠先咬食後，再經甲蟲啃嚙，才留下這樣的殘痕。聽潘大哥如是說，我一面將那片果皮放在手心端詳，一面聞嗅著空氣中浮動的熟果氣味，想有了這片百公頃的毛柿林，這一季附近野生動物的食物應豐足無虞。

「那些左邊挖右邊挖的洞，是什麼動物挖的？」一路上，地面除了有許多山豬拱痕，也散布著一些動物挖掘的小洞，洞的周邊還留有野生動物的騷味。

「鼬獾。」潘大哥答。我從來沒有在墾丁地區看過鼬獾，但以牠們留下的挖痕看來，這片林區還有不少鼬獾活動。正看著鼬獾挖出的洞穴，旁邊一株小樹苗忽然枝葉晃動，一隻小雨蛙躍上了樹；潘大哥說這林中很多這種小青蛙，雨季裡蛙聲澎湃。

很特別的，這片毛柿林中留有一棵昂揚的雀榕大樹，可能是當年伐木造林時留下的，樹基直徑約有四公尺，來到它面前，腳步自然停下。潘大哥說這大樹的如傘樹冠，是這片森林的最高點。雀榕果實是許多鳥類嗜愛的佳餚，此時雖非果期，但這樣的一棵大樹，正預告著一個季節的豐足與鳥語。

穿出毛柿林，再越過一小片雜木樹林，來到距山嶺不遠處，我接收到了淡淡的風的信息，地面出現梅花鹿的密密蹄痕，以及台灣獼猴走出的光滑路徑。

「我十幾歲的時候，第一次打獵就是在這裡，這裡是我們聚落年輕人練習打獵的地方，那個時候，這裡到處都是山羌走出來的明顯路徑，好像是動物的高速公路。」我這獵人同事如今已過耳順之年。

「現在這裡還有山羌嗎？」我問。

彷彿撐起藍天的雀榕大樹

斑光在毛柿林間漫步

毛柿橙紅的落果上留有獼猴咬痕

「沒有了。」他的語氣透露出無限惋惜：「這裡，還有後面幾片樹林以前是山羌的棲地，牠們喜歡這種風可以吹到的樹林，後來國家公園野放繁殖的梅花鹿也喜歡山羌的棲地，我帶研究人員尋找鹿就是去以前山羌的棲地，都能找到鹿。」潘大哥在與我共事的歲月裡，幾乎協助了國內所有研究梅花鹿的學者從事野外調查工作。

「這片樹林養育過很多野生動物，也供養了我們這裡的人。」他繼續說：「可惜，我們好像沒有好好回報她。現在野生動物少了，還是有人在打。」

「聚落裡現在打獵的情形怎樣？」我知道這山丘上的小聚落還有人在打野豬、野兔。行政院重新定義「生態旅遊」之後，進入生態旅遊地的旅者都必須有解說員引導，而這些生態解說員最好由當地居民擔任，我試圖開發這條路線，也是希望當地引導外人打獵的居民可轉任生態旅遊解說員，引導生態旅者探索野生動物的蹤跡。

「還是有人帶外面的人來打獵，我覺得這樣對本地很不好。我以前在公家機關工作，每次在聚落中說我們自己應該要保護本地的自然資源時，就有人說我領公家一點薪水，胳臂就往外彎了；現在我退休了，不怕別人再這麼說了。其實，我不是為政府，也不是為國家公園管理處，我為的是我們這個聚落。我們以前有很多自然資源可以利用，可是現在聚落的年輕人已經沒有那麼多資源了，剩下的一點點，我們應該好好來保護珍惜，那是我們村子珍貴的財產。而且，我們這一代人受這片山林的庇蔭得以溫飽，現在保護她也是一種回報。」他語調平緩，卻真摯動人。

「你們聚落有幾戶人家？」

「大約五、六十戶。」

「村子裡的人支持你嗎？」我問。

「現在有兩三個人會幫我說話了。」他看著我說：「如果可以讓聚落發展生態旅遊，讓大家有一個珍惜這裡生態資源的實際理由，我應該可以說服更多的人。」看來他要靠一己之力實現理想，路途還很遙遠。我上望林外的日光，忽然意識到：聽他講話，會產生一種對這片土地不同的視野與感動，彷彿，自己今天就是在體驗一趟深刻的生態旅遊。

在山嶺上休息及欣賞崖下太平洋沿岸風光後，我們走過一片茄冬樹的落地黃葉；落葉窸窣聲裡，潘大哥突然往地上一指，說那是早年的木炭窯。那裡果然躺著紅土砌成的炭窯殘跡，昔日的出火口已被厚厚青苔包裹……歷史的印記就在枯枝落葉間，而我的眼神卻不知停佇。想這片毛柿林被植下的當年，其他樹種一一被伐倒並段段栽下，就地燒成炭後送出林區，這裡也曾是搖錢的土地；後來毛柿林區的雜木終於被伐盡，炭窯也功成身退，如今徒留殘跡空對悠悠歲月，我們幾步路就走過落葉間的往事。

「很奇怪，這裡沒有木瓜、血桐、蟲屎的大樹，可是常常會看見這些樹的小苗突然長出來。」潘大哥路過一棵木瓜小樹時說。

「那是土壤種子庫效應。可能以前在這裡工作的人曾經把木瓜的種子留在土壤裡。」我說：「血桐、蟲屎、白匏仔是本地的陽性樹種，這裡還未被遮蔭時它們曾在這裡生長，種子也留在土壤裡。現在樹林如果破空陽光進來，那些陽性植物的種子就可以發芽生長，而且長得很快，就像你看到的那樣。植物的種子可以在土壤中等待適合它發芽的時機等很久。」我說著土壤中的種子庫，就正好路過一群挨擠著生長的白匏仔小樹。

「難怪人家說：千年草栽，萬年草籽。」他的學問與我來自不同處，總讓我感覺新鮮有趣。

「是啊，有些植物的種子的確可以千年不壞。」我邊走邊舉了兩個實例向他說明。

穿山而行，潘大哥絕無冷場地述說著這片土地的過往，以及他在這裡成長的點滴；我偶爾以科學知識解釋他在植物生態現象上的困惑，愉悅伴著汗水及雙腳微微地累。回行至剖牛溪邊時，他說：

「我覺得這條溪流是墾丁最美的一條溪。」這果然是相當美麗的一流溪流，疏林上蔽，溪石散綴，光影斑斕裡榕根如橋，水花激石處水調變奏，林外鷹鳴和野生動物的足印、排遺妝點無限生機……

「沿著這條溪流一直走，走幾個小時可以到太平洋海邊，一路上溪谷都很漂亮。」他說。

「這裡跟一般人印象中的墾丁完全不一樣。」我望著潺潺而去的流水與橫過溪流的垂榕，衡量著如何讓這特別的所在與世人相見較恰當。

越過溪，與夾道馬纓丹和訪花眾蝶擦身而過，再爬過涵洞、攀過梅花鹿復育區的籬上木梯，踏著草地陽光回到研究站旁的眺望高台，潘大哥遙指山嶺上一處突出的圓融線條說：那就是毛柿林中的大榕樹，然後比劃出我們走過的路線。哇，那是我剛才觸摸的大樹，那是我剛才走過的樹林。查看GPS，走了三千七百五十公尺。

居高臨遠，天空中沒有一片雲，陣陣來風吹拂著昔日獵人的話語，那平淡的語調，不疾不徐地，在我心底漾成美麗的回聲。

仲夏夜之夢

車經人潮擁擠的墾丁大街路口，轉向上山的公路，約四公里之後，來到社頂自然公園北側。四公里的山路，寸寸沉澱墾丁暑期的熱鬧與煩囂。

夏日暖風吹入叢林，濃密枝葉濾去了白日的燥熱，又為空氣添綴草葉的清香，令人不禁深深吐納胸中氣息。這一夜，我為照亮林間的點點螢光來到山丘部落邊的草澤濕地，停車時深濃暮色還流連西方天空。

才剛踏進由林投叢看守的草澤入口，這日負責巡守的部落居民便自身後追來，告知今夜在「小木橋」附近草叢間，有三條各自盤踞的龜殼花。我來這草澤區，每每立於居民搭設的小木橋上，居民巡守往來熟悉了我習慣的位置，見我出現於是特地前來告知。

大自然中存在種種精采，卻也潛藏種種傷人危機，我本不敢掉以輕心，衣著與照明皆有備而來。而部落居民因生態旅遊夜觀安全之需，每日夜幕低垂之際皆先行勘查環境潛在危險，讓引導解說的夥伴能掌握狀況，有助於夜行的安全。

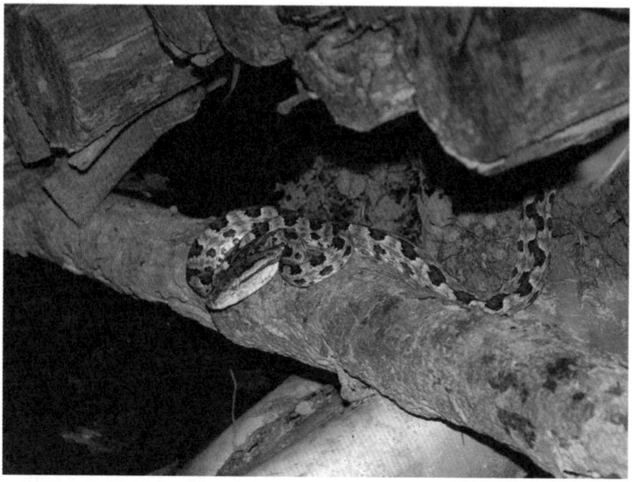

仲夏夜裡靜靜蜷伏的龜殼花

入夜的草澤蛙鳴酣暢（白頷樹蛙）

入夜的草澤蛙鳴酣暢，蛙聲中螢光初飄移，我先至那三條龜殼花各自盤踞之處確認牠們的動靜。三條蛇皆半瞇著眼靜靜蜷伏，牠們等待的是草澤間豐美的蛙族，對於我靠近攝影，完全不予理會。確認了蛇的動態，我安心在小木橋上就位。總是這樣的，龜殼花有龜殼花的位置，我有我的位置，而我和龜殼花的位置，都在當地居民的掌握中。

晚風輕拂著蛙聲，露珠親吻著青草，青草間，升起點點螢光。這裡的螢光，來自水生的條背螢，此種螢光閃滅頻率較長，蟲兒飛動時拖著長長的一道光，十來隻螢火蟲飛動便能使草澤與林叢顯得華麗熱鬧。這樣的螢火蟲之舞，與遍地閃亮的螢光有著不同的情韻，曾經與一位文壇朋友佇立這小木橋上看螢光流動，幾年之後，他告訴我他一直記憶著當時的情境。其實他來的那一夜，這裡只有少量螢火蟲飛舞。

夏日是山丘上螢火蟲的盛期，從社區夥伴的監測資料中，我知道近日的螢光正處高峰。隨夜色漸濃，流光漸稠密，這些提燈的精靈默默將人包圍，引人醒著入夢境。我從夢境中仰望樹林外的天空，神思頃刻墜入另一個夢境，那草澤之上的夜空，晶亮銀河正汩汩淌流！

在蛙聲澎湃、螢光流動間望低垂的銀河，樹隙微風動，葉間星子也宛若螢火，而身周螢光飛上樹，穿過樹隙再飛向天，不意間竟也成了星光。我站在木橋上，彷彿置身大自然的仲夏夢境中……

夜未央，螢火蟲紛紛降落婚配。生物活動各有韻律，夜晚八時之後，螢光便不再流動，雄蟲多已抱得新娘酣醉情愛之中。

螢光飄落後，我特地去探望那三條龜殼花，牠們固守原有的位置，也保持原有的姿態，彷彿入夢。但我明白牠們十分清醒，只是耐心地等待獵物靠近，只要有青蛙或鼠輩靠近，牠便會以爆發的速度將獵物咬住，對牠們，我自然是敬而遠之。

這草澤間的蛙鳴，由白頷樹蛙領唱，終夜澎湃不歇。有如此繁盛的蛙族存在，龜殼花的等待想必不至落空。

銀河西流，螢光停棲，離開好夢正酣的草澤時，遇兩名年輕人停下機車自黑暗中走來，錯身而過發現他們穿著短褲與拖鞋，且未帶手電筒，於是回頭喚住他們。他們表示前來觀賞螢火蟲，且表明不覺會有危險。我只好領他們先去拜訪那三條龜殼花。

夜行叢林，安全是必要的考量，若以徜徉墾丁海邊或逛墾丁大街的裝扮探訪暗林，全身而退可能需要一點運氣。熱帶叢林的仲夏夢境中，盛綴各色生命，演化為日行性生物的人類，進入時最好以戒慎之心扣門。

毛柿林首航

這天，對我和社頂部落的潘明雄大哥而言，都是重要的一天。經過三年的規劃、準備與協調，這條墾丁旅遊的新路線終於正式與世人相見。

秋風清爽，社頂部落的解說夥伴們個個興高采烈前來與我招呼，歷經三年的懷疑與等待，他們終於見證社頂毛柿林生態旅遊路線首航。

毛柿俗稱台灣黑檀，在台灣原產於恆春半島、綠島和蘭嶼。墾丁的毛柿母樹林位於龜仔角台地上，含人工林與自然林，占地約一百四十公頃，由屏東林管處負責管理。墾丁發展社區生態旅遊之初，緣於生態旅遊地須控管遊客乘載量，潘大哥向我推薦部落附近的毛柿林，此區是部落長輩少年時代學習打獵之地，如今進入這個區域需經過國家公園梅花鹿復育站，恰可管制旅遊乘載量。

毛柿林風光有別於墾丁海岸的明豔開闊，林中鬱鬱森森，野生動物資源精采豐富，是旅遊處女地，也是盜獵者的樂園。潘大哥是位資深獵人，國家公園成立後開始接觸保育工作，對這片曾經養育他，也曾讓他養育子女成長的林地情感甚深，對

社頂毛柿林生態旅遊路線首航

首航當日與潘明雄大哥合影

於這片林地逐漸失去生物彩光的現象極為憂心，一心希望藉由生態旅遊的發展，讓聚落中人興起保護本土資源之心。

以這片山林獨特的動植物資源與人文風情，很容易便通過發展為生態旅遊地的專家評鑑，然而，若要導引遊客進入此區，除了社區解說員的培養，還有土地使用的問題有待協商。這三年間，部落其他後來規劃的生態旅遊路線一一上線，唯獨需跨部門協調的毛柿林路線遲遲無法順利開張。

今朝東風終於吹來，已經磨劍三年的部落解說員們，各自帶領小隊人馬向毛柿母樹林行去。

以往總是在這條路線上為來自不同部門的長官、學者們擔任毛柿林「引見」解說的潘大哥，這天退居第二線，讓部落其他解說夥伴上陣試劍，看他臉上神情似乎比自己上陣更加緊張。

秋風穿行在樹與樹之間，抹盡瀰漫整個夏日的林中水氣，使步道走來十分乾爽。樹上獼猴與鳥兒們的鳴叫聲，今日聽來也格外有喜慶的氛圍。部落的解說員們都穿上制服，顯得精神奕奕，在向參訪者解說之時，眼中也散放著自信的光采，我的注意力，今天不再流連林間種種自然畫面，大多時候都落在這些解說員身上，看著他們解說時的專注神情，心中充滿喜悅。

林中那棵十人方能合抱的雀榕大樹垂根如柱，吸引人群集聚。大夥兒應隨隊採訪的記者要求，手牽手圍繞樹幹一圈。潘大哥此時向離人群稍遠的我走來，臉上神情已轉為柔緩，並笑著對我說：「今天我的願望終於實現了，謝謝妳。」我看著他臉上欣慰的表情，心中也感到十分欣慰，一時尋不到適合的語詞回答，只有點頭微笑。最清楚潘大哥此時心情的，莫過於我了。

國家公園成立以來，政府以法律保護山林荒野，山上原本靠山吃山的居民無法適應這樣的改變，與管理單位幾乎處於敵對狀態，進入國家公園管理處工作且提倡本土山林保育的潘大哥，幾乎被村人視為「叛徒」。潘大哥曾不止一次對我說，他內心想保護養他育他的山林，不是因為在國家公園工作，而是感覺到這片山林因為他們的長期利用，流失太多野生動物資源，所以應該換他們來保護她。而生態旅遊的發展，他認為是村人改變自然資源利用方式的絕佳途徑。當年他向我推薦這條路線，今日終於與世人相見，除了自身保護本土野生生命的心願開出美麗的花蕊，也算不辜負我所投注的精神與力氣，我十分明白他笑容中的心情。

在眺望太平洋沿岸風光的崖頂上，潘大哥難得地邀我共同留影，一向言詞無礙的我，此刻也只有欣然接受邀請，對鏡一笑，一切盡在不言中。

黃金蟾蜍

我遇見那隻金黃顏色的蟾蜍，是在二〇〇五年五月間。

當時我參與山上聚落的生態旅遊夜觀課程，走在隊伍最後面，夜色中看見牠，一隻金黃顏色的蟾蜍，感到十分新奇，藉手電筒的光拍攝了幾張照片，回頭同行夥伴們卻已走遠，來不及喚誰來共賞。

細看金黃色蟾蜍的外觀，除了顏色，其他特徵都與我自小熟識的癩蛤蟆——黑眶蟾蜍無異，那頭部眼周的黑色骨質棱脊，幾乎已清楚表明了身分。但黑眶蟾蜍即使體色多樣，也多為黃棕色或灰黑色（或在這二色之間調色），著此華麗彩衣的個體還是平生首見。網路上搜尋，金黃顏色的黑眶蟾蜍也可尋見，只相對稀少。

黑眶蟾蜍遍布台灣全島，蘭嶼、馬祖等離島也能邂逅，對環境的適應能力極強，低海拔地區的闊葉林、河邊草叢、農林地，以及人類活動的校園、庭院、溝渠皆有棲息。因為與人活動範圍親近，我輩鄉間孩童多有與牠互動的經驗。清朝沈復於〈兒時記趣〉一文中，也曾精采描述兒時與庭院裡癩蛤蟆的互動：「一日，見二

金黃顏色的黑眶蟾蜍

樹洞中的黑眶蟾蜍家族

蟲鬥草間，觀之，興正濃，忽有龐然大物，拔山倒樹而來，蓋一癩蝦蟆也。舌一吐而二蟲盡為所吞，余年幼，方出神，不覺呀然驚恐，神定，捉蝦蟆，鞭數十，驅之別院。」在我童年時代認識的人當中，當真沒有疼惜蟾蜍者。

由於蟾蜍受驚嚇時，耳後腺及全身疣粒會分泌毒液以自衛，所以即使與人距離相近，也無被人捕捉食用或餵食家禽的隱憂，而蛇類一般也不選擇捕食含毒的黑眶蟾蜍，故肚皮肥大下垂、行動緩慢的蟾蜍，大多時候並無天敵威脅。據說大冠鷲會剝皮取食蟾蜍，但我長年於山野間活動卻未曾親見。

黑眶蟾蜍在墾丁社頂地區是極常見的蛙類，早年於當地人心中的地位一如我兒時的鄉間。但在我遇見那隻金黃色蟾蜍的二〇〇五年，這聚落正朝向生態旅遊發展，黑眶蟾蜍不意間竟成為旅遊路線上的明星動物！

那隻金黃顏色的蟾蜍，後來沒有人再遇見，但在旅遊路線的入口，一棵苦楝樹的樹洞裡，住著一家六口的黑眶蟾蜍，牠們以樹洞為家，覓食時才出門，吃飽還是上樹回家。於是大多時候，人們朝樹洞內望，便能看見牠們表情嚴肅地擠成一團，模樣極其討喜。無論是遊客、國家公園志工或我，都為這戀樹成癖的一家蟾蜍深深著迷。前兩年，聚落中幾名頑童向樹洞丟石子，使得蟾蜍一家驚嚇出走，調皮孩童被村中長輩輪番數落了三個月，三個月之後，因蟾蜍一家又回到樹洞，這些孩子才脫離被碎唸之苦。

住在苦楝樹洞裡的黑眶蟾蜍，是鄉間最常見的灰黑色型，但無論是誰，向樹洞內望一眼，看見牠們時總會生趣而笑，參加聚落生態旅遊的賓客自然不例外，透過口耳相傳，這樹洞蟾蜍已頗富盛名。雖然這一家蟾蜍並無華麗的金黃皮衣，但如今在當地人心中，應該也稱得上是「黃金蟾蜍」了。

蝴蝶森林

冷鋒一波波，這個冬日，島嶼各地都顯得寒冷，即使名為「恆春」的半島也無法例外。然而在這樣的天候裡，半島墾丁地區的珊瑚礁森林裡，仍有令人神迷的彩蝶繽紛。

十二月裡一個天陰的日子，落山風鬼哭神號般日以繼夜吹颳，頗具颱風之勢。近午時分，山上社頂部落的居民來電告知：我平日進行蝴蝶生態研究的森林中，有大量的青斑蝶聚集，並以「像蒼蠅一樣」形容。

午後我來到居民所指的珊瑚礁森林一角，果然見無數青斑蝶垂掛林間枝條上，入林後每踏一步，都要驚起彩蝶一片，幾步之遙，我已被蝶群層層圍繞！那被驚起的眾多彩蝶，飛移一小段距離後，又集聚停棲，合翅排列成串，靜止如林間樹葉。細看一叢又一叢的似葉彩蝶，都是淡小紋青斑蝶。

趁著陽光尚未離開樹林，我嘗試攝下彩蝶的姿影。靠得近時，難免驚動蝶影，但就是有部分蝶兒對我的接近無動於衷，原來是一對對正交尾婚配……身後有人踩

青斑蝶垂掛林間枝條上

一叢又一叢的淡小紋青斑蝶

響枯枝落葉聲，我知道是協助我做蝴蝶調查的部落居民吉成仔入林來尋我，回頭看他，他行經之處片片彩蝶飛起，使他彷彿成了「驅蝶人」，但當他停步在我身前，林間又回復平靜。

「來避風的。」他說。

我們一同向森林更深處行去，宛如穿越一座蝴蝶森林，所經之處，翩翩蝶影如花瓣隨風……為了監測這個區域的保育類蝴蝶動態，這片林子我們已經守望多年，過往皆不見如此數大的青斑蝶齊聚。是低溫的緣故，來避強風的吧。

半月之後，淡小紋青斑蝶影蹤轉趨零落，即使風大的日子，也不復見數大集聚，但林間的淡小紋青斑蝶食草——華他卡藤上，開始出現蝴蝶幼蟲。而部落生態旅遊路線所經的繁花林徑，也揭開了「彩蝶漫天」的舞劇序幕，這是今年秋日颱風之後，蝶族首度的繁華。

正月裡一個吹著強風的陽光早晨，我再度邀約吉成仔來到蝴蝶森林，林間淡小紋青斑蝶數量無多，但恆春海州常山與馬纓丹花朵競放的避風角落，卻齊聚了黃裳鳳蝶、大白斑蝶、大紅紋鳳蝶、琉璃紋鳳蝶、琉球青斑蝶、樺斑蝶、紅紋鳳蝶、眼紋蛺蝶、台灣粉蝶等鮮豔多姿的蝶族。其中大白斑蝶數量最多，四處可見雄蝶纏著雌蝶獻跳求婚之舞；數量也頗為可觀的琉球青斑蝶，不訪花卻熱中於青草間尋尋覓覓，看得出是母蝶忙產卵了；大紅紋鳳蝶正逢羽化節氣，顏色最為豔麗，那紅斑鑲綴的薄翼，每一次振動都揮落春天的信息；而最令人驚豔，則屬閃亮著金黃後翼、飛行快速的黃裳鳳蝶。

「蝴蝶好多！可惜我們最近都沒有生態旅遊的客人。」吉成仔說。

「真的很可惜，這麼夢幻的畫面，遊客如果看見應該會終生難忘。」我一邊望著穿梭我和他之間的蝶群，一邊說。

彩蝶紛飛，我的鏡頭不知如何選擇。

「啊！怎麼這麼多？」一名國家公園的蝴蝶調查志工循林徑而來，轉彎遇見了我們和群蝶，被彩蝶亂舞的場景震懾住了。他表示一路行來只見寥寥數隻蝴蝶，怎就都集中在此處？

「這裡避風又有花蜜呀。」吉成仔說。

「這麼多蝴蝶飛來飛去！我怎麼記錄？」志工興奮地苦惱著。

一隻披著亮黃彩光的大型蝴蝶快速飛過頭頂，三人同聲喊：「黃裳鳳蝶！」

各式彩蝶穿梭無序，興奮又苦惱的蝴蝶志工努力填著紀錄表：「這會不會太過分？我以前難得看到一隻黃裳鳳蝶，今天一下看三隻。」志工說。

「不會呀！黃裳鳳蝶在這裡很常看見，我們有做『棲地營造』。」吉成仔回答。

黃裳鳳蝶是半島上唯一的保育類蝴蝶，研究牠並保育牠是我的工作。

蝴蝶的一生需經歷卵、幼蟲、蛹及成蝶階段，幼蟲孵化後至羽化成翩翩彩蝶之前，只能生存於母親產卵時選擇的地點，而母蝶產卵時，必須尋得幼蟲食草方能將卵產下（大部分蝴蝶幼蟲皆有特定的食草）。相對而言，蝴蝶前半生的存活較後半生受限，尤其黃裳鳳蝶的幼蟲食草——馬兜鈴屬植物，野外並不普遍，墾丁地區的主要食草——港口馬兜鈴，更被農委會列為野外瀕危的植物，是以幼蟲自然棲地的維繫，便成為保育重點。經過多年調查研究，我們大概掌握了這蝴蝶產卵時選擇食草的環境偏好，及幼蟲適存的環境條件。而實際於野外進行幼蟲棲地營造時（種植食草），思及鄰近部落的生態旅遊發展，也將部分食草植於旅遊路線附近森林中，當幼蟲羽化成蝶，飛至旅遊步道花叢間採蜜與嬉戲，即成居民口中「黃裳鳳蝶在這裡很常看見」的場景。

與志工告別時，他說：「你們要進森林裡嗎？我的調查結束了，可以跟你們一起走嗎？」

跨入蝴蝶森林，不久即抵達我們依據科學研究結果，栽植了港口馬兜鈴的黃裳鳳蝶幼蟲棲地，此時食草上已有一顆蝶蛹結成，濃綠的葉片上兩隻肥碩的幼蟲正恣情啃食。「這兩隻蟲差不多也要化蛹了。」吉成仔說。

「這蛹好大！真像一片葉子。」志工對著那為避敵而擬態如黃葉的蝶蛹說。

「這顆蛹身長將近五公分，葉子多，吃得很好。」吉成仔四年來協助我執行鳳蝶棲地監測工作，每月在五十處樣區進行兩次調查，對樣區中的每一隻蟲都瞭若指掌。

一隻黃裳鳳蝶母蝶飛來，我們退開一段距離，牠隨即在食草上產下兩顆蝶卵。趨前探看新卵，志工若有所悟：「所以幼蟲會在這裡成長，變成蝴蝶後再飛出樹林。」

其實花徑上看見的黃裳鳳蝶，並不限於自附近棲地羽化而出，由於這裡食草味道濃郁，他處的黃裳鳳蝶也會被吸引飛來，母蝶為尋找食草產卵，公蝶為尋找母蝶配對。馬兜鈴屬植物也是大紅紋鳳蝶與紅紋鳳蝶的幼蟲食草，對此兩種美麗彩蝶同樣具有吸引作用。

「有點像是『科學魔法』！」志工說。

然而若非得社區之助，再高明的科學知識與技術恐怕也難使營造棲地存續。此處森林同時受到自然與人為因素影響，今年九月颱風過後，樹木多風折傾倒，枯枝落葉滿地，部落的夥伴們花了近十天功夫，才將大範圍的蝴蝶棲地整理復舊。平日若遭逢違法採集及工程施作，具在地優勢的居民也能即時制止或通報，若無這股部落力量守護，脆弱的蝴蝶棲地其實不易維持。

林間穿行，大白斑蝶殷殷相隨，大紅紋鳳蝶也款款喚人眼眸，而這蝴蝶森林中的淡小紋青斑蝶即使數量已大不若前，仍吸引著初遇彩蝶集結停棲的志工。

「這是什麼？」志工指地上走藤成叢的綠葉問。

「爬森藤，大白斑蝶的幼蟲食草，你看上面有幼蟲，身上有斑馬線。旁邊還有歐蔓，上面有琉球青斑蝶的幼蟲，紫色的。」吉成仔說。

因為食草豐足，我在這片林子活動永遠不缺蝴蝶作伴。

「趕快過來看，這裡有很多大紅紋鳳蝶的蛹，還有很多幼蟲。」吉成仔走入異葉馬兜鈴調查樣區，向忙碌拍照的志工喊。

「小徑上有那麼多蝴蝶，祕密原來在這看起來不怎麼樣的森林裡！」志工說。

「是的。」我肯定地回答。

因為避風，因為幼蟲食草與蜜源植物豐足，更因為在地居民的巡守保護，鄰近社頂部落的這片尋常森林，即使每年都受颱風或多或少影響，彩蝶卻年復一年，生生不息。而居民守護的生生不息的彩蝶，也為部落生態旅遊路線帶來無與倫比的精采，即使在冷鋒一波波的隆冬時節，也絕無冷場。

雞肉絲菇

雨季七月，島嶼南端的丘陵部落裡，有一種隱隱約約的騷動在蔓延。人們打招呼的語言常常是：「你有去採嗎？聽說今年不少。」去採什麼呢？部落裡的人都能意會，指的是每年只有七月較易尋見的雞肉絲菇。

雞肉絲菇據說是山裡最甜美的野味，我常聽部落裡的人提及，每逢當令，識者爭相入山找尋，收成彷彿一種競賽，豐收者總能贏得諸多欽羨。那年，一位八旬阿婆為尋雞肉絲菇迷失林間，五日間發動百人山林搜索救援，老人家幸得野食裹腹，最終脫困。

對於這種深受山中人青睞的大型菇蕈（子實體菌蓋約六至十一公分），我最感興趣是它與白蟻的共生關係。文獻記載，在雞肉絲菇生長的地面，沿蕈柄基部向下深掘，會發現長約七十公分的細長假根連接地下白蟻巢穴，一般認為雞肉絲菇可能依靠蟻巢內的白蟻排泄物供應養分，而白蟻也樂於培養雞肉絲菇的菌絲作為食物，雙方互蒙其利。

然而部落裡的人所關心的，還是菇的美味。人們都愛雞肉絲菇的滋味，但並非

雞肉絲菇據說是山裡最甜美的野味

雨後林間可見各式菇蕈，大多不可食

所有山中人都能採得此菇，要能清楚識別它仍需一定的功力。與我相熟的部落大姊，嫁至此地近四十年，從來不敢自行採摘煮食，因為有另一種有毒野菇與雞肉絲菇外貌神似，不易分辨。初春時候，我在小麵店午餐，麵店老闆娘拿出一朵友人給的「雞肉絲菇」，疑心那不是真的（說是季節不對），隔壁太太看了看，堅定地把菇丟入垃圾桶。

相識多年的部落夥伴吉成仔，是尋找雞肉絲菇的高手，我常聽他提起此菇，而每提及此菇，我都能看見他臉上笑意和眼底光亮，不禁問：真的有那麼好吃嗎？

今年夏日雨水豐足，吉成仔豐收，送了我十朵，我可真受寵若驚！因為他並不輕易與人分享雞肉絲菇。他贈菇於我時十分慎重，示範了如何撕成小片，交代了如何烹煮，又叮嚀需防被小昆蟲噬光，因為小蟲子們也深愛此味……

我當晚即好奇地烹煮了雞肉絲菇，味道果然清甜，蕈柄果然似雞肉絲質地。我嚼著嚼著，想像經歷半年乾旱後被雨水潤澤的山林，想像早年普遍清貧的丘陵聚落，想像吉成仔兒時父親在雨季七月帶回味勝雞肉的甜美野菇……我嚼著嚼著，想見吉成仔眼底的笑意與光亮，彷彿也咀嚼出了食物以外的人生滋味，一種普遍存在於部落中人記憶底的人生滋味。

另一種風景

有朋自遠方來，在他短暫停留期間，我領他在最熟悉的山間小徑上散步。這條山徑位於墾丁社頂部落附近，沒什麼了不起的風景，但我長期在這個區域進行研究調查，對此間一草一木極為熟悉，相信朋友肯定能在這裡遇見無法預約的驚喜。

夏末和風溫潤，小徑綠葉滴翠，彎道上遇見兩位部落居民，他們親切招呼，表示剛結束資源巡守工作歸來，今日山間平靜不見異狀。笑談間，一隻大型蝴蝶飛來，朋友如所有初遇這蝴蝶的人一般，脫口而出：「好漂亮的蝴蝶！」

飛來的是普遍受人們喜愛的黃裳鳳蝶，我料想朋友會遇見的驚喜。

兩位部落居民才離開，林間傳來摩托車聲，一會兒轉出一位與我相熟的壯漢，他看見我即停下車來詳述這個區域的黃裳鳳蝶動態，神情顯得雀躍。他是近年協助我做蝴蝶生態調查的社區夥伴，即使不做調查的日子，也經常在附近巡視。他問是否隨他入林探探新生的蝴蝶幼蟲？我因想陪伴朋友小徑漫步而婉謝。

「妳跟當地人都熟嗎？」朋友問。

「跟部分人熟，但因為和這個部落有工作上的合作關係，這裡的人大多認得我。」

猶記二〇〇四年開始接觸這個部落時，聚落環境髒亂，更不乏盜獵、盜採自然資源的情事，人們對我這個銜命而來發展社區「生態旅遊」的公部門人員，大多抱以懷疑的態度。然而多年過去，這個部落的環境樣貌慢慢有了改變，部落中人看待自然資源的目光也有了改變，與我相對時的眼神更較過往不同了。

與好友在山風中笑說從前，途中相遇一位社區解說員引導七、八名遊客領略自然風土，正介紹一個當地戲稱「祖母綠」的青斑蝶蛹，遊客與上前觀看的朋友皆嘖嘖稱奇，我則讚許這解說員能在一片綠海中辨出綠色蝶蛹的眼力。

山徑連接一條彩蝶步道，朋友以手機拍攝不排斥人類靠近的大白斑蝶時，摩托車聲又響起，是協助調查工作的夥伴回來找我。

「走啦，我帶妳去看看新發現的蝴蝶幼蟲，妳朋友一定沒看過。」我笑看他流洩光輝的臉龐，心底一股暖意流過，於是與朋友隨他前去……看他向朋友解說時的自信模樣，與初識時的羞怯可真判若兩人。

回程，停步在一叢遍布斑斑食痕的林投前，想為朋友尋找台灣特有的津田氏大頭竹節蟲。然而這蟲子白日總在葉叢中靜伏不動，我尋了會兒並無斬獲。此時一位部落長輩經過，見狀加入我們，不過兩分鐘便尋得大頭竹節蟲隱匿處。朋友注視著那緊貼於葉隙、與葉片同色的特殊昆蟲，對一旁阿伯說：「你好厲害。」

送別朋友時掔丁星空燦爛，在看過碧海、彩蝶、夕日與星光之後，他說印象最深刻是小徑上那些部落居民。聽他如此說，我忽然醒覺，原來那些在大自然中殷勤往來的當地居民，早已成為國家公園的另頁風光！

重現綠舟

一小鋤、一小鏟地移開黃泥，我們在大量棄土之下，尋找生命可能的生機。

這片小徑旁的林下開闊地，原本繁茂生長著一種名喚異葉馬兜鈴的蔓性植物，一般人不會注意這毫不起眼的綠蔓，但過去的數年間，我在此地記錄到三種鳳蝶的幼蟲生長、結蛹及蝶蛹羽化。這一小片綠蔓，總讓春光平添許多流動的豔彩。而這天早晨，當地社區的居民卻電話通知：異葉馬兜鈴生長處被工程棄土掩埋了！

來到社頂自然公園北緣的案發現場，空氣中瀰漫著植物莖葉破碎的氣味，那數堆黃土之下，除了壓碎的草葉，恐怕也有鳳蝶的幼蟲！我在棄土邊殘留的莖葉上，輕易便尋見兩隻身上沾滿泥點的鳳蝶幼蟲。

這被棄土掩埋的藤蔓伏地而生，很容易被人們視作「雜草」，然而對美麗的大紅紋鳳蝶、紅紋鳳蝶及黃裳鳳蝶而言，卻是幼蟲時代的重要食物來源，這片「雜草」其實是攸關鳳蝶族脈傳衍的生命綠舟。聽社區的老人說，這植物早年「到處都是」，然而隨人類的活動範圍逐漸擴大，馬兜鈴的生存範圍逐漸縮小，如今只稀少而零散地分布於莽莽樹海之中，為了搜尋它們，我和居民花費不少時間與力氣。

我決定即刻開挖這被掩埋的蝴蝶幼蟲棲地。居民送來小鏟、鋤頭及水桶，協助在蝴蝶綠舟之上一鋤一鏟挖開厚土，發現植物體時便改以徒手撥土，大家動作都謹慎，因為除了受傷的莖葉，也有微渺的可能，土中還有存活的蝶卵和蝶蛹。

在重複舉鋤與捧土之間，我想起一位陽明山國家公園志工前輩分享的話語。她說，夏天時候有朋友來訪，她領朋友往山上看花，朋友疑惑地問：「這時節不早過了花季？」她隨即指道旁紫花盛放的倒地蜈蚣給朋友看，朋友卻說那不是雜草嗎？這位前輩聞言回答：「不，不，不，它不是『雜草』，它不但有中文名字，也有英文名字，還有一個拉丁文學名。」當時全場報以熱烈的掌聲。

這些在我手掌間出土的殘枝，也不是「雜草」啊！在微濕細泥之中，我完全無法分辨其中是否有幼蟲的屍身，卵和蛹也無以尋覓，只能將殘破的植物莖葉盡量去泥，讓它得以再行光合作用與萌生新葉，早日回復蓬勃生機。

在重複舉鋤與捧土之間，也不禁回想著多年來蝴蝶棲地監測過程中，一而再面對的，人類活動「無意」之間所造成的棲地破壞的點滴。野外科學研究工作自然辛苦，實際操作保育工作則常感傷心，相較之下，辛苦實在算不得什麼。

大紅紋鳳蝶幼蟲

大紅紋鳳蝶蛹

「要給它弄直直，才比較會活。」居民相互提醒著將被壓塌的植物體一一拉高。

以衣袖擦去幾乎流入眼眶的汗水，再抬頭望這些有著陽光膚色、臉上缺少表情的當地居民，我不禁自心深處微笑。時光無疑是最具創意的編劇家，這些早年「靠山吃山」，摘集各類自然生靈販賣的山間居民，物轉星移數十載之後，透過社區與公部門的夥伴關係發展，竟成為我在當地自然資源監測上最得力的助手，甚至是精神上的依靠！他們總在第一時間傳來自然棲地的變化消息，也在人力上給予最即時的協助。

這天中午，我在社區大姊家中用過簡單的午餐，一群人又相約回到現場。工作完成，天光已黯，起身呆望重現的殘破綠舟，山風裡忽然聽見居民溫和對我說：「沒關係啦！應該還會長起來，以後有工程在做的時候，我一定會來看守。」

刺竹筍的季節

這幾年，每逢雨季來臨，我的冰箱總存放著半處理過的刺竹筍，透過那洋溢南方人情的筍片，即使不出門也能感知野地刺竹的生息。

刺竹是台灣西南部丘陵最普遍的植物之一，外型高大、叢生、多刺，季風型氣候且冬季乾旱的土地是它在野地擴展的優勢疆域，我居住的南方半島，正是這樣的風土。在當地，尤其是丘陵上的聚落間，刺竹筍是最平常易取的野味。

刺竹的生長型態，與半島長達半年的落山風氣候巧妙結合——它在多雨的夏季出筍，待新竹長成，已是風強乾旱的冬日，此時竹基部的分枝在缺水情況下停止生長，先端縮成尖刺，著刺細枝且交織成刺網，如此便可防禦草食動物取食，據說那成叢刺網連老鼠都難以穿越！

刺網密織的刺竹，是先民在一地屯墾時的重要植栽。早期人們為防盜、抗風，常於聚落四周種植刺竹（小型聚落尤其適用），此種工事稱作「竹圍」，許多聚落便以此為名，至今台灣鄉間仍有多處地名叫竹圍。而「竹圍」除防禦之用，也可取

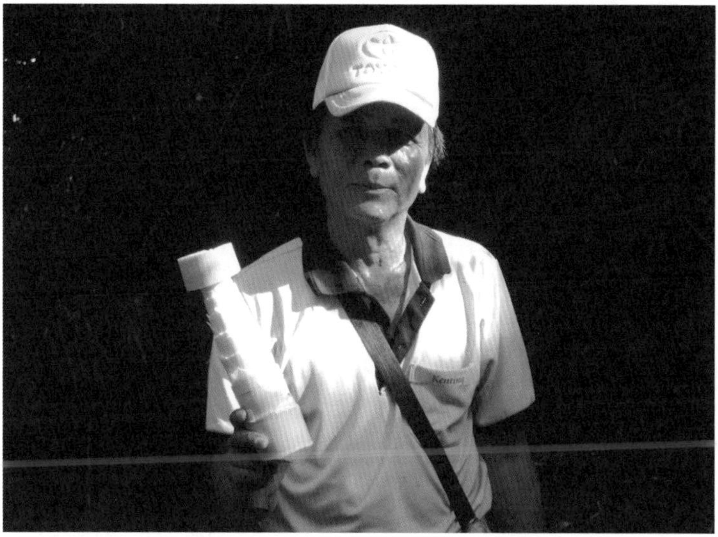

刺竹筍是恆春半島最平常易取的野味（吉成仔客串演出）

筍為佳餚。

稱刺竹筍為佳餚，不因其味道，而因其分量。這種竹筍出土生長一段時日後採食，筍枝肥碩，一枝可供多人或多餐食用，在食物不豐的年代，堪稱「佳餚」。然而刺竹筍味帶苦，烹調之前需長時間泡水或久煮去苦，部落朋友贈筍時皆為我切片煮去苦味，免我麻煩。我的夏日冰箱裡常放著這樣的應節食物，取出調理時心底每每綻開一朵笑意。

多雨的季節行走野地，常見刺竹叢前一堆堆筍殼（雨多筍嫩），那自然是居民取走可食部分後留下的，如此可縮減重量與體積方便山間活動。這時節部落裡的婦女也常相邀採筍並分享左鄰右舍和友人，人們因刺竹筍而顯得殷勤熱絡。半島丘陵間的刺竹，多為早期人們所栽植，後因適應力強而逐漸繁衍，居民採食竹筍可能也抑制了刺竹於野地擴張之勢，在人們不易抵達的山頂，竹子大舉擴張領地的情況較為明顯。

對於近年來積極發展生態旅遊的山間聚落而言，刺竹叢不只是風味餐的鮮筍來處，也是孕育明星菌菇——螢光蕈的所在，那為夏夜點亮童話氛圍的螢光小菇，收羅所有拜訪者驚喜的目光，卻只在大雨過後水氣豐足的枯竹上齊聚。部落因此在特定竹林限制居民採筍，以免踩碎螢光菌絲與遊客可能的奇遇。

刺竹筍在南方半島上平常易取、產量豐富且產期長，一般自助餐店也常看見，彷彿與珍貴無緣。但這平凡的吃食卻聯絡著厝邊巷尾的活潑人情，連我這外地人的冰箱，也因這筍而盛裝夏日不絕的情味。

部落喜事

這天山丘部落的小餐館前架起兩座白色篷帳，部落大姊們忙進忙出張羅吃的喝的及擺飾，動作間一邊吆喝著人一邊吆喝著狗，但那門前才走了一隻擋路的小黑，又來一隻好奇的小黃。我原在餐館內，發現毫無插手的餘地且有礙事之嫌，於是隔街坐望這熱鬧場景，偶爾管管狗兒們的秩序。

大姊們進出看見我，都大聲而精神地問：「像不像在辦喜事？」她們一會兒從部落菜園採回青蔬水果，一會兒自各家院落折來清麗鮮花，走過我時不忘給我一枝茉莉，還頻問：「要不要先喝杯決明子茶？」九月的半島落山風清淡，氣候乾爽，我有大姊們的活潑姿影作伴，又有茉莉聞香，不時還有蝴蝶飛來相看，完全不需再添涼茶，但相熟的大姊們看我獨坐路邊，總來問著要不要這、要不要那？最後還是塞了杯茶在我手中。

這些偏鄉婦女此刻散放的笑容與活力，於我而言，可比江上清風與山間明月。

部落協會的經理走來架設燈火、布置篷帳，招呼說：「老師，妳放心，這個季

社頂部落豐盛的風味餐

節當地菜色很多。」小餐館忙碌準備的，是正在部落旅遊地參訪的遊客今晚的餐食，而今晚的客人，有我的朋友在其中。

此地風味餐依季節不同有不同菜色，我自己總吃不厭，有朋自遠方來自然也推薦。餐館由部落協會經營，在墾丁大街從事餐飲事業的部落青年們貢獻了不少巧思和力氣，協會經理也有墾丁大飯店的工作經驗，餐具與布置都不顯「鄉土氣」。掌廚的是兩位當地婦女，一旁熱鬧穿梭的，則是前來幫忙的街坊鄰居。一位大姊手上清閒了，便來陪我同坐。

「妳看我們這樣多熱鬧！」她笑容燦爛地說。

「是啊！連小狗和蝴蝶都來湊熱鬧。」我說。

「我感覺這樣真的很好，大家一起有事忙，熱鬧歡喜，不然我現在可能還在打牌喝酒！」這位大姊喪偶獨居，是社區有名的酒國女英豪。

「大姊，妳們現在生態旅遊帶隊解說的收入如何？」我問。

「還好啦！錢沒有很多，但我覺得賺到很多快樂，反正平常也閒閒沒事，做生態旅遊後社區裡的人常常在一起，感情也比較好。」

我自二〇〇四年結識這個部落，參與了這部落多年來的發展，偶爾會有長官關心詢問這部落現在收穫如何？我總要先釐清：「是指哪方面的收穫？」若問金錢上的收穫答案是「普通」，若問精神上的收穫答案是「豐碩」，若問社區認同與尊嚴感的提升，答案是「難以量計」。

上菜了，紅、橙、白、綠、紫、黃、褐的各色菜餚帶著當地風土味，葷素齊備，點綴菜色間的新豔瓶花，散放當地家院的芬芳，我看著心裡頗得意，想朋友肯定對我推薦的這餐當地風味感到驚喜。

「菜都備齊了嗎？解說員來電話說客人到步道口了。」經理說。

「差不多了。」廚房應。前來幫忙的大姊們快手拉平桌巾、擺正碗盤、斟滿茶水，準備迎賓。

大隊客人隨解說員到來，大姊們奉上涼茶讓在野地行走兩小時的旅人解渴，朋友看到菜色時的臉上表情，完全吻合我的期望。我因此，開心地笑了。

叢林風響

秋風起，墾丁的熱帶叢林濕熱漸退，穿林季風在枝葉間寸寸探索，步步成聲。這般美好天時裡，我和叢林部落的居民相約去尋食蛇龜。

食蛇龜原是台灣地區普遍分布的陸生烏龜，近年來緣於大陸風行養龜與吃龜，陸龜一族在數量銳減後身價級級跳漲，台灣的陸生龜因輸往大陸所需，面對空前的捕捉壓力。於是照看當地食蛇龜，便成為我這樣的保育工作人員和生態部落居民有志一同之事。

剛抵達相約地點，部落協會的總幹事便向我走來，告知今早有一名陌生男子至公園商店區買生肉，見店家未賣生肉便買了數條生香腸，店主想替他烤熟，他卻婉拒。店主觀察此人行止，懷疑他想設陷阱盜獵，於是通知了總幹事，而且特地強調此人背了個黃色大背包。

這個叢林部落發展生態旅遊事業已近九年，對當地自然資源的保護極為投入，即使是公園停車場的小賣店，也不置身事外。我通知了負責山林巡守的同事注意黃

一行人在斜射入林的光影間學習陸龜監測調查

食蛇龜原是台灣地區普遍分布的陸生烏龜

色大背包，然後與居民走入叢林。

一行人在斜射入林的光影間學習陸龜監測調查，一個下午走來，設下不少調查點，卻始終不見龜踪。日光漸轉金橘，生意盎然的林間天籟交響，擔任指揮的顯然是秋風，我聽得愜意，總幹事卻走來低聲對我說：「好像有砍樹的聲音。」我聽了會兒，只聽得秋風戲樹之聲。再行一段路，總幹事又過來說：「妳聽！應該是盜砍樹木。」

這次，我聽見了天籟之外的敲擊聲。循聲向叢林深處探看，至礁岩斷落處腳下踩響了枯枝落葉聲，望向崖下只見人影閃入樹叢，但崖底開闊處躺著兩個大背包，有一個是鮮黃色！

「是盜獵！」退下礁岩時，我向總幹事說：「我看見了你說的那個黃色大背包。」

林中手機通訊不良，請總幹事走出叢林通知國家公園警察隊，並在路旁等待員警；我則由居民陪同踏勘現場周邊的環境，模擬當警察來到現場時，獵人可能的遁逃方向。叢林無路卻左右皆可穿越，沒有兩組人馬難以逮人，所幸此刻有幾位健壯居民可以襄助。

待兩位警察到達，我和居民分二路引導員警至現場，在一隊埋伏一隊搜索之下，逮住了獵人，也截下獵物。可憐一隻山豬已被擊斃，四肢被綑綁於一段搬移用的小樹幹上（我們聽到的砍樹聲便來自這段樹幹）；一旁麻袋中有動物在掙扎，解開袋口繩索，一隻小梅花鹿旋即跳出向林間深處奔去……

當我們必須與獵人面對面時，總幹事與居民都避開了。這些昔日「靠山吃山」的山林之人，在此情境下面對今日的獵人，除了不願「生事」的顧慮，心中難免也有曲折吧！

天色已昏，叢林風響轉劇，警察押送盜獵者下山，我獨自駕車載運山豬至警局，蜿蜒山路上心中諸多滋味翻攪。十年之前，在無人無通訊的叢林中，我也曾遇見山老鼠，當時我和研究夥伴無計可施。如今在居民襄助之下，終於有了不同的結局；而今日助我擒賊的人，也有十年之前的獵人。

那半日無蹤卻面對空前捕捉壓力的食蛇龜，由這些熟悉山林的部落居民來守護，應該也較我等周旋於辦公室事務的保育人員更有效率吧。

老師腳受傷

摩托車騎經曲折山徑，一路顛簸來到草原邊，我拍拍騎士吉成仔的肩，示意要下車，說：「我想走過原野。」吉成仔傾斜車身讓我安穩下車，然後撇下一抹詭譎笑意，逕自向草原一端騎去。

我在去年秋天小腿肌肉嚴重拉傷，經年未痊癒，總覺似乎就要康復了，野外走兩回又復發。這半年多來，穿梭野地工作多賴部落居民以高超的摩托車騎術相載。

草原上放眼島嶼南岬，清麗的陽光灑落淨碧叢林與遠方海面，朵朵白雲漫步藍天，海天之間有鷹盤旋。每來此處，總覺景致特別動人。我用最慢的步伐移動，賞景之外更為等待後方步行而來的部落夥伴月鶯。

這叢林間的崎嶇山徑，並非人人能騎行，月鶯只能將車騎至可駕馭處，之後就得靠步行。在我的腳受傷之前，三個人走走停停一路相伴，現在於樣區間移動，月鶯常需以如飛的腳步追趕藉車代步的吉成仔和我。

「妳怎麼用走的？」月鶯走來時問。

與白雲一起行過原野

部落夥伴月鶯與黃裳鳳蝶

「我要用腳行過原野。」我這話自然引來她白眼一笑。

草原盡處，吉成仔一根菸已吐完。我表示要與月鶯再走一段山路。

「坐車啦！等下腳又壞掉。」吉成仔很堅持。

「妳先坐車過去，走那麼慢，我才不等妳。」我這脆弱的身體，不知被年長我十餘歲的月鶯笑過幾回。

這兩位夥伴是部落分派於我這項監測調查的組員，這幾年他倆協助我進行監測工作，常規調查早已熟稔，在我腳傷完全不能行走期間，這區山林的蝴蝶棲地監測是由他倆代替我進行的。但野地生態的變化難以預測，遇變故時我若在現場較能立即解決問題，而因人衍生的問題，總是層出不窮。

多年來與部落夥伴一起工作，看似我這「老師」不斷教導野外調查技巧與知能，助他們學習科學知識，事實上，他們給予我的幫助卻多更多。研究志工阿祈因本身工作之故，能協助調查的時間有限，而社頂地區山林遼闊，以往我獨自行走總有安全顧慮，有他倆協助之後，除了安全無虞，更是熱鬧有趣。雖然我和吉成仔大多時候都在「雞同鴨講」，但日子久了雞同鴨講也能溝通達意，更何況一旁還有能精確掌握我語意的月鶯。

腳傷漸癒之後，外貌粗獷的吉成仔除了以騎術載我入荒野，步行下坡時總彷彿不經意地在前方停步，待我走近時抬起手臂讓我搭扶，或在陡峭之處助我登高，月鶯笑說這世上只我有這種待遇！每遇吉成仔等在前頭，我心中總莞爾：這吉成仔的溫柔大概只有我看得見！

結識吉成仔是我的運氣，與月鶯相熟則是我更大的幸運。雖然來自不同文化背景，我卻意外與這位部落大姊成為莫逆之交，當我徘徊山林時，多有她體貼陪伴。以往在野外，午餐總簡單隨便，有了月鶯相伴之後，午餐可稱豪華，她過往開餐廳的經驗，十足造福了我。

在珊瑚礁森林中，機車並非各處可穿行，但吉成仔的駕騎技術已讓我節省許多氣力，至於他倆不願我冒險行走的陡峭崎嶇樣區，則由他倆前往，我在林中等待他們帶回消息。而當我獨坐礁岩等待，怡然看望季風穿梭無人森林，心中總有一種奇妙感覺浮現：這樣的腳傷，竟還能來到如此荒曠的叢林深處進行調查工作，這是怎樣的一種緣遇呢？

因風搖擺的樹林之上，是屬於半島特有的澄澈藍天，藍天之下的蒼翠樹林邊緣，座落的是月鶯和吉成仔居住的聚落。我在十年前因執行工作單位的生態旅遊發展計畫，走進這個完全不被看好的封閉聚落；近幾年則因後續社區夥伴關係的發展，定期至聚落與居民開會。在腳傷不良於行之際，這些居民主動下山來到我工作單位開會，還為我帶來與他們完全不搭配的、來自花店的大束鮮花，我當時心中也浮現與此刻類似的奇妙感覺。

月鶯自崖坡下冒出頭來，見我揉捏著傷腳便問：「妳的腳還好嗎？」

我還來不及回答，後方跟著出現的吉成仔已搶著說：「她坐在那裡怎麼會不好！」

我起身回答：「好加在還好，不然你就要背我了。」

因為十年前的一個小小善念，我得到多大的回報呢？

卷四　無盡藏

林投頌

在陽光燦爛的熱帶海岸，再無其他植物如林投這般狂野霸氣又耐人尋味了。

林投厚硬的葉片成叢向天，葉緣及中肋下方均披覆銳刺，全身層層武裝嚴防動物啃食；家族成員更以手足相連的形式，在海岸立起一道道綠色長牆，恣意舞展各式拒絕靠近的線條。對長年在墾丁野地進行研究工作的我而言，多刺且成叢聚生的林投，無疑是行動上最大的阻礙，每逢無可迴避必須穿越它或攀爬它時，不論如何小心謹慎，衣衫總會被拉扯，身上也難免留下點點血痕。即便如此，當我與它相對，仍不禁要贊頌它巧妙的生存策略。

林投是雌雄異株的植物，雌花和雄花外形迥異，雄花宛若玉米穗十分醒目，雌株則需待孕成果實時才較易分辨。雌雄異株是優生學的具體表現，可以絕對避免自體繁殖。林投既可以開花行有性生殖，產生具有基因變異的下一代，也可以從根部長出不定根，以無性繁殖的方式迅速擴張領土。

這植物最引人注意的莫過於外形神似鳳梨的果實，人們都好奇那果實可不可以

林投厚硬的葉片成叢向天

津田氏大頭竹節蟲以林投維生

吃。然而，可不可以吃並非這個家族算計的範圍，因為林投果實並不靠動物傳播。那神似鳳梨的聚合果，其實纖維粗韌無肉可食，成熟時即自枝頭散落，若遇海潮來時，便可海漂至他方生長，不與母株競爭原有的生長空間。

仔細觀察林投成叢的葉片，會發現下層老了、乾了的葉並不脫落，這些乾老的葉片，若遇星星之火，即可藉風之助燃燒引起火災。火災之後，它那被厚硬葉片層層包裹的頂部生長點可以重新萌葉，猶如浴火重生。而當周邊植物因火燒而死亡，它便迅速以無性生殖的方式取得更大的生存空間。

因為擁有如此複雜完善的生存策略，墾丁東海岸的草原經過多年演替，已形成大面積的林投領地，即使數度遭逢火災，林投家族卻愈燒愈欣榮。而我的研究之路，與它相逢的機率也愈來愈高。有一天我和志工阿祈各攀在相鄰的林投樹上做調查，他忽然說：「妳辦一大堆活動，怎麼不辦個爬林投樹比賽？」他認為我倆肯定可以名列前茅。

林投緊密排列成叢的葉片，除了在火燒時有保護作用，也可以在雨天截留雨水，再慢慢流至根部，延長水分利用的時間。在這樣的葉叢間，一種台灣特有的昆蟲——津田氏大頭竹節蟲得到了生存繁衍的空間。這種保育類昆蟲終生不離開林投，林投叢就是牠在世上唯一的棲所。每當行過葉片被明顯啃食的林投，我都不免要仔細尋訪稀有的大頭竹節蟲，見牠大口大口地啃食林投葉片，心中便有一絲小小愉悅，這總是阻擋我的多刺林投，總算也有將它葉片一口一口啃光的天敵！

紅紋鳳蝶

在花繁葉茂的仲夏時節，台灣低海拔地區常可見到群蝶訪花的動人畫面，今年的夏日墾丁，蝶況尤其美妙。一棵火筒樹、一叢臭娘子，或是一片大花咸豐草，盛綻的花朵間都能見眾多彩蝶流連。在形態色彩各異的蝴蝶中，最吸引我的是一種身軀鮮紅、後翼有七塊紅豔斑紋環繞的蝴蝶，那是紅紋鳳蝶。

紅紋鳳蝶可以說是最不受人們歡迎的美麗蝴蝶。牠不幸的，與深受人們喜愛的黃裳鳳蝶、珠光鳳蝶利用同類幼蟲食草——馬兜鈴屬植物。在台灣本島，大部分種植馬兜鈴屬植物吸引母蝶產卵的農園，都會消滅紅紋鳳蝶幼蟲。因為人們希望吸引的，是保育類黃裳鳳蝶，而馬兜鈴所散放的化學物質信息，在引來黃裳鳳蝶產卵的同時，也引來紅紋鳳蝶產卵，而且後者往往產下更多的卵。在食草量有限的情況下，人們為讓「珍貴稀有」的黃裳鳳蝶幼蟲有較豐足的食物，處決了紅紋鳳蝶的幼蟲。在蘭嶼，人們為了「瀕臨絕種」的珠光鳳蝶，也以同樣的方式對待較普遍存在的紅紋鳳蝶。

紅紋鳳蝶

我因為研究黃裳鳳蝶生態，也一併研究「競爭種」紅紋鳳蝶。對於這兩種經常同時出現在同一株食草上的蝴蝶，我們珍視前者，敵視後者，我那愛黃裳鳳蝶成癡的研究志工，稱紅紋鳳蝶為害蟲，在學術研究必須嚴格遵守自然法則的前提下，勉強接受紅紋鳳蝶的存在。但當兩蝶族群數量皆高，研究工作繁重之際，我堅持數算紅紋鳳蝶卵、幼蟲、蛹數量的態度，常令他相當生氣！我其實也很想忽略總是產卵無度的紅紋鳳蝶，但身為研究人員，堅持標準化的步驟是基本原則，如此也才有機會了解這兩種蝶競爭的脈絡。

經過五年的野外調查與分析，我明白了紅紋鳳蝶之罪，其實來自本身無可選擇的基因密碼，而這基因密碼的形成，是來自演化。以母蝶產卵的數量而言，紅紋鳳蝶彷彿具有競爭優勢，但若以終齡幼蟲的體型來看，紅紋鳳蝶幾乎比黃裳鳳蝶小一半，完成一個世代的時間及一生所消耗的食物量，當然少很多。推想在自然山林未受人為干擾的年歲裡，有本事以較長的世代時間、消耗大量食草來吃得又肥又大的黃裳鳳蝶幼蟲，絕非競爭的弱勢者。這兩種蝴蝶能長時間共同存在，其中必有微妙章法，只是在人類活動加入其中之後，自然律動被擾亂，真相已難一眼明白了。

這兩種蝴蝶其實有著不同的「生活史」適應。在這多雨的夏天，紅紋鳳蝶的數量一般都多於黃裳鳳蝶，但在乾旱的春天，我的紀錄顯示黃裳鳳蝶的數量往往有較多的趨勢。這是物種間不同的演化適應，兩蝶不同的發展可以降低競爭的強度。當然，凡事都有例外，當颱風劇烈影響食草動態之時，蝴蝶族群的動態也會出現變化。

多年的研究經驗告知，今日黃裳鳳蝶在野外成為「稀有」，主要原因是人類活動影響，並非緣於紅紋鳳蝶競爭。而人類活動造成的森林破碎化，可能助長了紅紋鳳蝶族群的發展。如果我們讓一些自然棲地回復到原始林的水準，這兩種蝶或許有幸福同在的機會。

這個夏天，我和研究志工跨越了多年以來的研究範圍，在一個小山村附近觀看蝶蹤，當我們在形態色彩各異的蝴蝶中看見了紅紋鳳蝶，也就明白在這裡可以找到黃裳鳳蝶棲地。當春日來臨，這裡飛舞的可能就是黃裳鳳蝶了。

峰頂之鷹

牧草地上，滿開的草花盛裝斜陽金衣，醉步東風；我因追尋一隻候鳥的蹤跡，邂逅了這場美麗風景。

學術研討會結束，搭研究夥伴的車回返住處，途中他問想不想去看來到墾丁暫歇的灰揹尾？我們於是繞道大尖山下牧場；而在牧場小路旁，已有一群賞鳥人架起單筒望遠鏡細看草原上的鳥影。草原上至少有三種以上的禾草遍舉纖長的花枝，天空地闊裡彩繪濃濃的南國秋意。隔著滿地秋濃，我望向矗立草原一方的礫岩孤峰，孤峰之側，一隻鷹正繞峰翱翔。

望著那馭風的姿影，我不禁記起不久前有人問我為何喜歡看鷹？我當時回答：就是喜歡！其實，原因之一，就是牠所展現的這種充滿能量的自在吧。牠自在地在峰前峰後遊盪，不久就消失在我的視線中。

「是遊隼。」身後的賞鳥人已將鏡筒鎖定那隻降棲峰頂的鷹，有人說出牠的身分，我不禁好奇地回頭望他一眼——隔著如此遠的距離，竟能肯定那鷹的名字！

牧草地上滿開的草花盛裝斜陽金衣

遊隼回眸

「好漂亮的鷹。」當賞鳥人討論著鏡筒中棲坐峰頂的鷹到底是不是遊隼時，我也將眼睛貼在目鏡前端詳究竟。那真的是一隻相當漂亮的鷹，上胸一片雪白，但因為實在太遠，只能明辨這片雪白和那一身迷人的姿態，那是一種無畏與無所謂的瀟灑姿態，那樣的位置，一切盡在眼底，而牠隨時可以凌風而飛……我也曾像牠此時一般，坐在峰頂看夕日垂落遠方海面，可我不能隨風而飛，摸黑下山時還迷了路。

「好像比較像燕隼，腹部顏色比較深。」賞鳥人比對著圖鑑認真討論牠的名字（我也許就因為缺少這點追究鳥兒身分的熱情，以致即使看過百餘種鳥，還是不像一個鳥人；我想，追究名字也是一種樂趣吧）。我又排隊看了一會兒峰頂之鷹，就在我的視線中，牠展翅而起，毫不在意人們的討論與我讚美的目光。

不管牠是誰，如此短暫相遇，已讓坐了一日鐵椅的我，精神煥然一新。至於那隻稀有的灰捲尾，早被置諸腦後了。

蝴蝶大發生

前方的車，撞開一隻飛舞的彩蝶，我的視線隨牠翩然墜地之際，耳膜震開一聲巨響，一隻玉帶鳳蝶也與我的車相撞擊！

已經持續兩週了，數大的玉帶鳳蝶群總在早晨穿越馬路向海的方向飛去，恆春半島台26線公路上盡是橫行的蝴蝶。而山水之間，只要有花蜜之處也總不缺彩蝶訪花、求偶的畫面。一時之間，蝶兒成為人們眼中最閃亮的風景，許多人都問著那蝴蝶是怎回事？哪來這麼多蝴蝶？

約隔四到六年，半島上的玉帶鳳蝶多會出現一回這樣的現象，研究昆蟲的人稱它為「大發生」。根據已退休的陳仁昭老師研究，這周期性大發生的現象，與雨量、土壤營養、食草植物體內抗蟲物質的濃度等因素有關，而氣候是啟動這複雜連鎖反應的開關。由於昆蟲大發生時對食草消耗太大，族群最後終需面對斷糧的困境而大量死亡，隔年數量銳減，然後再逐漸增多。

玉帶鳳蝶大發生的年間，從春天就可探得訊息，但人們往往要等到成蝶出現的

玉帶鳳蝶的幼蟲食草主要為過山香

玉帶鳳蝶求婚舞蹈（左雌右雄）

夏日，才會驚覺「哪來這麼多蝴蝶」？因為在春天，牠們都還只是專心啃食葉片的毛蟲。在恆春半島，玉帶鳳蝶的幼蟲食草主要為芸香科的灌木——過山香，當過山香葉片被嚴重啃食，甚至光禿，便預告了成蝶的大發生。但並非每一次春天的預告，都能順利在夏天化成漫天彩蝶。上一次的幼蟲大發生時期遇上颱風干擾，滿山蝶蟲盡隨風雨而去，即將上演的成蝶大發生頓成殘局。

看著公路上片片如落葉般旋轉墜落的蝴蝶，許多人覺得可憐。然而生物的生生死死，卻是自然界最普遍的事，尤其是族群量大時，食物短少，死亡有其必要性。以我研究的黃裳鳳蝶和紅紋鳳蝶而言，去年族群量暴增的結果，是造成食草的匱乏，最終導致來不及成熟的幼蟲餓死、母蝶找不到食草葉片產卵，而使族群數量瞬間崩落，那數以百千計的蝴蝶的死亡，換得了食草的重生。死亡的確是自然界必要的現象。然而，每天早晨行車都要撞落一些蝴蝶，還是令人心生不忍與不安，於是大家相互呼籲著：放慢車速。但蝴蝶實在太多又太大意，車行時速三十公里，仍難免遭遇蝴蝶的忽然撞擊⋯⋯

那些在早晨穿越馬路向海的方向飛去的蝴蝶，似乎並非真要出海而去，因為稍晚又會看見蝶群由海的方向穿越馬路朝山邊飛。這樣的飛行究竟為何事？科學界尚無人來解惑，要研究四至六年發生一次，且難以在前一年預知的現象，對一般研究人員著實有難為之處，只能等待匯集天時、地利、人和的有緣人了。

二〇〇七年七月，恆春半島玉帶鳳蝶大發生，四處盡見彩蝶。連續兩週的早晨，行車總有玉帶鳳蝶撞上車來，使人耳膜、腦間、心中同時震盪一聲聲巨響，無數生命在公路上隕落。

鷹鳴落處

陽光清澈的午後，我坐在鵝鑾里一處民宿庭園中吹著秋風，秋風來處是草原之上的垂地天幕，天幕近處與遠處有鷹鳴呼應般散落，鷹鳴裡來回穿梭的，是正準備南返的燕鴴的歌吟；民宿主人送來一杯清茶，落座時驚走了在身邊矮籬上理羽的烏頭翁。

我結識這位草原上的民宿主人是緣於工作之故，我為推展台灣最南端鄉里的生態旅遊而來拜訪他，忽驚覺國家政策對生態旅遊發展所寄予的部分願景，已在他身上落實。在台北開會時，上級長官及學者都曾表示：生態旅遊推展的目的，是希望原本離鄉背景出外工作的年輕人，能夠回到家鄉，開一輛「小發財」就可以靠生態旅遊營生。而在我們開會之時，黑黑壯壯的他早已從都市回到島嶼南疆的故里，靠經營生態旅遊謀得生計。他的老舊「小發財」停在簡單的房舍之前，彩上了老虎的圖紋取名「老虎號」，不知已載過多少遊客在這片草原上探索。

「你這裡燕鴴真多，飛來飛去真好看。」我說。

大冠鷲低空飛翔灑落串串悠鳴

燕鴴飛行時宛如大型燕子

「牠們要回去了。」主人說。

燕鴴在台灣是夏候鳥，流線的體型飛行時宛如大型燕子，但全身羽翼以棕背白腹為主色，搭配紅黃黑相繞的嘴角與喉部，秋天與北方南下渡冬的冬候鳥同時南飛。這個草原上除了許多燕鴴，還有更多的鷸鴴科鳥類，只是北方來的旅者可能太累了，在草原上顯得很安靜，不若正準備啟程南返的燕鴴活躍。這位民宿主人對周遭鳥況的掌握與維護，也令我感到驚訝。我們曾經搭乘他的「老虎號」橫越草原，至某處草地時，他說春天有很多夜鷺在那裡繁殖，他會帶客人去看，但必須隔一段距離，且不讓客人下車，以免驚擾到繁殖期的夜鷺，這樣牠們才會一直在這裡繁殖；他也曾帶我去看黃昏固定在一處礁岩上棲息的大冠鷲，隔著一段距離我們用望遠鏡觀賞鷹在崖頂的活動，他說大冠鷲對人頗具戒心，若靠近牠，牠往後可能就不來停棲了；白鷺鷥南遷的季節，他指引我去拜訪了附近上千隻以草原為驛站的鷺鷥群；而當前來投宿的頑皮學生偷走了屋前樹上的烏頭翁鳥巢和小鳥，他去信該學校，並言明將他們列為拒絕往來戶……他如此堅持不干擾鳥兒們的生活，除了基於對自然生命的尊重，也因為了解自然條件的維持就是他經營旅遊事業的基石，他沒有完全取悅客人，生意卻愈做愈好。

一隻大鷹低空飛過頭頂，全身羽色深褐，翼下一道明顯的白色寬帶，牠眼神與我交會後，表演般回身揚高，然後灑下串串悠鳴。「哇！」我不禁一聲讚歎。

「這裡經常有幾隻大冠鷲飛來飛去，不用望遠鏡就可以看得很清楚。」主人說。

我的背包裡一直備著望遠鏡，但在這天落鷹鳴的草原民宿觀鳥我鮮少使用，因為那種周遭有群鳥自在飛旋的情境之美，已令我不在乎是否將一隻鳥兒看仔細。鷹鳴聲裡與民宿主人對飲一杯茶，他是我在恆春半島上看見的最成功的生態旅遊業者，擁有一處飛鳥自由去來的院落，現在不為公事，我也會來坐坐。

大紅紋鳳蝶的春天

聽說合歡山降下了大雪。而在熱帶珊瑚礁森林中，一隻大紅紋鳳蝶的蛹今朝要羽化。

彩蝶羽化是教人百看仍然期待的自然精粹，而我也不曾守候大紅紋鳳蝶羽化，於是在黎明頂著落山風，懷抱期待走入低山礁林中。

天色漸明，林間鳥聲愈唱愈嘹亮，山中居民也開始在步道上活動，陽光卻遲遲未灑落。眼前的蝶蛹殼體已轉為透明，殼中蝶翼依稀可見，明明就該破殼而出了，但卻始終不見動靜……苦等至午後三時仍不見蝶兒新生，心想可能是因為這日天陰風冷，牠得強忍蛻變的心急，謹慎地為生命中最重要的一刻，選擇一場風和日麗。

下山不久，山上居民來電話告知我守候的蛹已羽化成蝶靜掛枝頭了。「可能是剛剛出現一陣短暫的陽光。」他說。

數日之後，山上又傳來大紅紋鳳蝶即將羽化的消息。

這天天氣晴好，陽光在林間灑落處處斑光，點燃寒冬暖意，然而整個上午過

青春的新娘與風霜的新郎

去，殼體已完全透明的蛹仍不見破殼。中午至部落午餐，待回到礁林之中，那蛹卻已羽化成紅豔彩蝶……

冷涼初春，大紅紋鳳蝶進入羽化高峰，一身火紅彩斑的大型蝴蝶花葉間四處流動，擦亮人們追隨的眼眸。為傳遞這蝴蝶的消息，山上居民頻繁與我通電話，他們有時帶著不能相信的語氣，描繪雌蝶初羽化即婚配的畫面，有時埋怨搶得先機的雄蝶多顯風霜，更多的時候，他們通知有一個蛹明天要羽化，並問要不要上山來拍攝？

第三度為等候大紅紋鳳蝶羽化上山，心中帶著一個待解的疑惑。

在島嶼南端，我和當地居民總在冷涼春日記錄到最多的大紅紋鳳蝶。春盡後，這彩蝶便全然匿跡，直至歲末天寒，才會再現影蹤。此際正是成蝶遍舞的時節，隨著太陽漸升，林間飛舞的彩蝶漸增，等待蝶蛹羽化的過程中，眾多雄蝶來到我守候的蝶蛹旁徘徊，完全無視於我的存在，如此光景，使人可以預測即將羽化的是一隻雌蝶。

自然生物無聲傳遞的訊息總超乎想像中神妙，身前的蛹正散放出唯有同族異性可以接收到的訊息，尚在蛹殼之中已招來雄蝶成隊。於是在這樣的春日，母蝶一羽化，就教搶得先機的雄蝶配成對，此時由於母蝶翅翼未乾尚無法飛行，牠們會雙棲枝頭近二小時。

陽光在林下寸寸挪移，時近中午，這蛹，就是不羽化。先前兩次守候的經驗，讓我隱約感覺到牠似乎知道我就在身側，非得要等到我離去吧，牠才能安心破繭而出。為解疑惑，我對伴我守候的月鶯說：「我們先去吃飯。」

二十分鐘匆匆結束午餐，我獨自回到林中，見到的畫面讓我激動地撥了電話給仍在午餐的同伴：「牠不只已經羽化，還交尾了！」

她趕至現場，在我身後扯著喉嚨說：「有夠憨啦！我在時牠若出來，就不會配到這麼醜的對象，醜的我會幫牠趕走。」

「牠應該不會在意公蝶醜不醜，基因強健比較重要。而且那也不是醜，只是老了點，鱗片磨損了。」我莞爾一笑回應她。但她日後仍留意著配對的蝶兒是否兩方皆鮮豔，若逢姿色相當者，便電話通知我，希望我留下「真正美麗」的畫面。

天氣乍暖還寒，朋友們相約上高山去看雪了，我仍固執守候大紅紋鳳蝶的羽化，不信無法逮住那鮮麗薄翼初現世間時如花朵開綻的剎那。

六月蟬唱

黃昏沿一座樹林散步，林間傳出的蟬聲鋪天蓋地般敲擊著每一寸空氣，細辨蟬音歌手的身分，其中以騷蟬和薄翅蟬為多。這些不同種族的歌手有志一同，為招喚配偶激情競唱。

蟬的一生，需經歷卵、幼蟲與成蟲階段，潛伏於土壤之中的幼蟲期極長，出土羽化後的成蟲生命卻極短（以台灣有生活史紀錄的草蟬為例，幼蟲期一至三年，成蟲期卻只五至十四天），於是在出土後的短暫繁華裡，雄蟬為吸引雌蟬竭力謳歌，即使可能引來天敵也在所不惜，因為在此生命階段，生殖是唯一的想望。

守著林內林外的距離，蟬鳴雖噪，我還能以「傾聽生命」的角度，聆賞那澎湃如潮的沸情，若入林中，情境就大不同了。

六月叢林，蟬唱頓成天地間唯一的樂章。一旦深入叢林，蟬聲便緊繫耳畔，在蟬音織成的天羅地網中，我的聽覺不久就遲鈍了，一隻騷蟬若在一公尺外鳴唱，我便連自己的言語都聽不分明了，若被一片蟬聲環繞，很快便會感到大腦膨脹，只願

騷蟬為吸引愛侶竭力謳歌

薄翅蟬在晨露中羽化

逃離。蟬腹部的鼓膜發音器與共鳴室是神奇的自然造物，凝視一隻不停振動腹部全神酣唱的蟬，我總懷疑那令人幾欲瘋狂的傳腦魔音，是發自眼前一隻不大的昆蟲！這昆蟲腹部製造的音浪，如洪水般撞擊我的耳膜，忍無可忍之時，拾段枯枝將之驅離，但牠移開咫尺，又再度癡情高歌……

於此蟬唱時節，我和研究夥伴鑽入叢林之前總要檢視身上皮膚是否遮護妥當，因為騷蟬遇闖入者總不吝齊灑「蟬雨」相迎。「蟬雨」自然是蟬的排泄物，為退敵而落，雖然蟬一生只食植物汁液，「蟬雨」應屬潔淨，但在情緒上，總覺還是避開些好。

歲月匆匆，四季流轉，每見叢林中蟬蛻如雨後春筍般出現，心中總特別有感於時令的變換。然而這令人無以躲避的叢林騷動並不久長，五月底才見騷蟬終齡幼蟲紛紛出土羽化，蟬蛻掛滿森林底層，六月中旬已見蟬屍紛綴林間。如此短暫的薄翼生涯，無怪乎需以如此激烈的齊唱有效達成繁殖天命。也許因為理解吧，即使蟬音穿腦，年復一年叢林深處看牠大起大落，也能狼狽以笑相對。

古代唐人愛詠蟬，以看似餐風飲露般的蟬為高潔象徵。虞世南詠蟬：「居高聲自遠，非是藉秋風。」寄託了詩人的品格希求；李商隱詠蟬：「本以高難飽，徒勞恨費聲。」吐露了詩人腹中牢騷；駱賓王詠蟬：「露重飛難進，風多響易沉。」反應了詩人落難獄中的景況。那蟬還是蟬，出土後為短暫沸情竭力而歌，蟬音卻引詩人各自解讀。

守著林內林外的距離，我散步聽蟬，悠然揣摩蟬音中的詩境與禪意。待明日入林進行野調，那便蟬還是蟬，我卻不是此刻的我了。所幸能理解蟬的一生，因蟬唱暫失大半聽覺之時還能帶著笑意。而這人生許多惱人事，若能理解其中曲折，也多如六月蟬音，可以了然笑對吧。

風之塵

近來日子過得匆忙，無心打理居家細節，兩個星期沒吸塵，房裡各處已均勻鋪蓋一層灰白塵色。

這風中飛塵就這樣，不論你如何嫌惡，硬是無聲無息無蹤無影無日無夜包圍你左右。它隨風而來，逢縫積留，久而久之窗外陽台的裂隙竟生出一株榕樹！這牆縫榕樹，正是那使人不甚愉悅的塵土所培育。對這榕樹的種子而言，人造大樓就如大自然一個變形又變質的大型裸岩吧，有了縫隙積土便可遇水萌芽。

除了著牆而生的榕樹，風中飛塵對許多非著地生長的植物都具有非凡的意義，森林中的樹生蘭花、山蘇及崖薑蕨便是這類植物，它們靠著收集攢積天外飛來的塵土得到了成長的養分，每當我走入森林中，總會佇足讚美這些空中花草巧妙的生存策略。但對我的日常生活而言，風塵積土卻是揮之不去的煩惱。

東北季風時節，我的陽台上除了快速累積的灰塵與砂土，也不缺枯斷的草葉，如果這社區是一座森林，如果這大樓是一棵大樹，如果我的陽台是崖薑蕨的腐植質

風中飛塵對許多非著地生長的植物都具有非凡的意義（崖薑蕨）

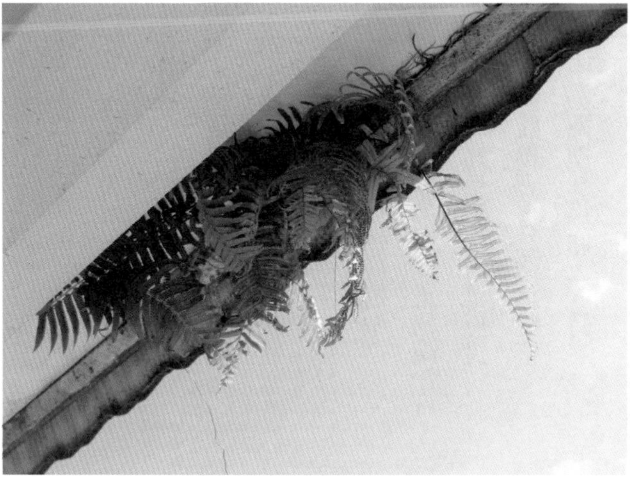

著生屋角的蕨靠天外飛來的塵土得到成長的養分

收集葉，那麼風季可就是豐收的時節了。不過，如果這裡真的是一座森林，風季就不會有如此多飛塵了。近年來政府鼓勵農村發展觀光，住處附近的農業或林業綠地如雨後春筍般長出了各式民宿，開發過程中表土化作飛塵，隨風流浪到我的陽台棲身，從風塵堆積的速度，不難窺知環境的變動。

我清理著陽台積土，感慨它們來錯了地方，如果是在森林中它們是何等珍貴，現在卻要被我掃除掉。下望樓外那一大片被整理出的裸地，不禁要為陽台上的榕樹感到慶幸，有了這豐足的飛塵來源，它在此處繼續生長是不成問題了。只是，如此一來我的住處塵土問題也斷不了根，而那一片又一片原來長著農作現在卻長著房舍的農地，不久之後，可能會產生比我的塵土問題更大許多的農村土地使用問題吧？

假日黃昏，我有時會到屋頂陽台散步，那個被貼了地磚的大陽台，在充足的陽光雨露培育下，水泥縫隙中生長著更多樣的植物，它們共同的特性是堅忍耐旱無畏強風與貧瘠、把存活的可能性發揮到淋漓盡致，看入心裡時頗能勵志。然而這些堅忍生命，其實也只能活到資源用盡的那一刻。於是當長風中一陣塵沙撲面，一時之間我竟不知該為陽台野花感到欣喜，還是為農村土地感到憂愁。

氣味

我知道此刻在我周圍，必定充滿了植物馬兜鈴酸的氣味，但我卻無緣聞嗅。與春風並肩，緩步穿林。一隻大紅紋鳳蝶由身後追來，在我身側略轉了個彎，低飛入草叢。牠在草叢間尋尋覓覓的飛行方式，頓時令我全身上緊發條，全神貫注保持一定的距離緊隨於後——多年來在山林間尋找蝴蝶幼蟲棲地，常是母蝶為我引路。

蝴蝶幼蟲大多取食特定種類的食草，循此演化路途繁衍，母蝶對食草的氣味需有天生的敏銳度，否則不能在茫茫山野找到特定食草產卵，使無法如成蝶般自由飛行的幼蟲孵化即得食物。於是每隻蝴蝶皆在追逐一種生命中最重要的植物氣味，母蝶為產卵，雄蝶為求偶。馬兜鈴酸的氣味，則是專屬於大紅紋鳳蝶等金鳳蝶族的氣味。

果然不久我所追隨的蝴蝶便向地面下降。地上綠草如厚氈，那自然是馬兜鈴科植物。方細辨出是異葉馬兜鈴，一隻紅紋鳳蝶也聞訊飛來。這植物的化學訊息，同時召喚了兩種蝴蝶前來。大紅紋鳳蝶在綠氈間數度舉尾產卵，紅紋鳳蝶卻在非食草

大紅紋鳳蝶被食草氣味吸引而為我領路

植物上碰觸幾回又飛離，未產下蝶卵。

根據科學研究透露的消息，母蝶尋找食草產卵有二階段步驟，首先需大範圍辨識氣味找到食草所在的區位，接近後還需靠前足碰觸植物體，偵測是否為準確的食草植物，才會產下卵。在野外，如那隻紅紋鳳蝶般，來了又去失之交臂的情況並不少見，或許其中另有物種適應選擇的深意。

與研究志工在蔓生約二十公尺見方的食草間，記錄著蝴蝶的卵、幼蟲、蛹，忽見黃裳鳳蝶也翩然降落！這是七年來首次見到利用相同食草的三種蝴蝶同時出現同一食草區。其實這三種蝴蝶在產卵棲地的選擇上略有不同，食草的種類和生長狀況、季節、海拔高度、森林的鬱閉程度等環境因子，會使食草上出現的蝶種有所不同，這也巧妙地減低了三種蝴蝶的競爭壓力。我在此區食草上記錄到三種蝶蟲，但在這個季節這個海拔高度這種食草上，幼蟲以大紅紋鳳蝶為多。

在人類活動的影響下，馬兜鈴科植物在野外已不多見。此刻坐在豐足的食草旁，望著那些歡樂進食的蝴蝶幼蟲，心中有一種莫名的喜悅。春風送來山素英與相思樹的花香，陽光也曬出枯枝落葉的氣息，但我卻只能「看出」這裡充滿馬兜鈴酸的味道。一種與人無緣卻緊繫鳳蝶繁衍奧祕的氣味。

記夜鷹

十年前一個初夏向晚，我抱著一疊書籍資料走出指導教授的研究室，迎面是瀰漫每一寸空氣的樟樹芬芳。樟樹的葉的芬芳，是我最愛的校園氣息，但今天我不能為它停留，因為還有報告急著要完成。

「諏，諏。」在帶上車門的瞬間，我聽見幾聲熟悉的歌鳴。是牠？毫不猶豫，我快速下車尋找空中歌者的身影。果不是牠嗎？天未暗，習慣穿梭夜色的夜鷹已開始活動，這回我不必藉助手電筒，就能將牠飛行時略似鷹的姿態看仔細。不知看了牠多久？我才突然意識到自己靠在車門邊傻笑！

我笑是因為恍然明白：原來牠一直生活在我左右，我卻直到這年春天才透過歌聲知道牠的存在。

三月的時候，與研究夥伴走出叢林後在草原上坐看霞光，霞光斂盡後他告訴我有隻夜鷹在歌唱；我隨即回答：「夜鶯不是只在西方童話中歌唱嗎？原來我生活的土地上也有夜鶯鳴唱。」後來才明白他說的是「夜鷹」。我其實在鳥類圖鑑上看過夜鷹的畫像，但沒有留下深刻印象，以致初聞牠的歌聲時連名字和身分都弄錯。

鳥類圖鑑上記載，台灣夜鷹是稀有鳥類（也許因為如此吧，我以為要遇見牠並非易事），牠一般活動於空曠的田野地帶，一張大扁嘴、兩隻大眼睛，可以濾食空中飛蟲和探索夜的玄機。四月的出火廣場上，我再度聽見夜鷹的歌聲，牠遠遠近近地唱著，我憑藉鳴聲想像與判別牠張開大嘴搜掠飛蟲的游移方位；再隔一個星期，我夜間驅車經過牧場小徑，車燈範圍內看見一隻鳥蹲伏於路面，待車子靠得很近牠仍以入定的神情相應，很難相信，但牠的確就是夜鷹；不久之後，我又在港口溪口聽見牠，且看見牠穿越吊橋鋼索的姿態。

仍然是四月，入夜後我還在屏科大校園內，離開前走出室外倒垃圾，又聽見那逐日熟悉的歌唱聲！

詡、詡、詡，一聲響勝一聲。我趨前探看，感覺到牠的位置：牠立在未點燈的高高路燈上。詡、詡、詡、詡，一隻夜鷹的歌聲響徹四方，並在空盪的空中漾成波波回聲，澎湃如春潮……將親近的女同學從屋裡喚來，並肩以手電筒照明路燈頂端，我們同時看見路燈頂端亮起一汪寶石般的橘色光芒——那是初次在草原上識得牠的歌聲時，研究夥伴所說的夜鷹大眼睛反射出的光亮。

夜鷹於地面孵蛋

原來，夜鷹並不難遇見，以前完全不知有牠是因為不能在夜色中接收到牠的呼喚，要在沒有光的範疇裡感知對方，聲音遠重於形貌。

十年後的今天，夜鷹適應了人為開發的環境，族群在鄉間蓬勃發展，鄉間生活的人幾乎都知道有一種鳥夜裡總大聲地「詷、詷」鳴叫，擾人清夢，只是大部分人也如我當年一般，不知牠何許鳥也。

大白斑蝶

一朵花真的是一個天國嗎？
要採多少個天國才滿足呢？
多自由啊，唯美的使徒
這麼翩翩地素妝而舞
這世界，你辛苦地爬來
就應該瀟灑地飛去
乘春天還年輕，飛吧
飛回哲學家正酣的午夢
一路要提防，切莫闖進
昆蟲學家採標本的袋網
讓一根無情的針
穿腸成唯美的栩栩如生

——余光中〈大白斑蝶〉

三十年前，余光中老師的這首詩，幾乎已將大白斑蝶的姿容情韻寫盡，但我多年來研究蝴蝶，看著山中仙子般飄飛而來的大白斑蝶，仍不免動念寫牠。

恆春熱帶叢林百餘種蝴蝶，符合人們對蝴蝶「翩翩而舞」印象的，其實只有大白斑蝶。其他彩蝶，大多時候總是匆匆飛過，即使花間採蜜，移動也頗快速。而大白斑蝶，訪花時容許人們以手機貼近拍攝，即使機身就要貼上蝶翼也不以為意。當真被人跟煩了，不過就是不疾不徐飛向另一朵花。也因如此，有心捕捉之人幾乎手到擒來，人們於是贈牠「大笨蝶」封號。

一種自然生靈，膽敢行動優緩到顯「笨」，其中必有緣故。大白斑蝶在辛苦爬行的幼蟲年代，只專一取食夾竹桃科的劇毒植物爬森藤。那自幼累積於體內的食草毒素，使得天敵皆卻步，大白斑蝶有恃無恐，在其他蝶族以快速移動企求避敵之際，牠總是不慌不忙陶醉於花的天堂。然而這樣的演化，對於人卻毫無威脅，因為人們並非緣於想吃牠而捕捉牠，但稱牠「笨」，倒是聰明的人類誤會了牠。

大白斑蝶在恆春半島極普遍，但台灣本島他處卻不如此多見，原因是受限於食草爬森藤的分布。爬森藤汁液含劇毒，對於取食葉片的蝴蝶幼蟲而言，毒素具有潛在危機，若不留心，幼蟲也可能因攝食過量食草毒素而亡。為減低毒害，初齡幼蟲

大白斑蝶的「黃金蛹」

大白斑蝶初生的蝶體帶著便便大腹

羽化後的大白斑蝶緩緩開展捲摺的雙翼

行止優雅從容卻被誤以為笨的大白斑蝶

總在葉片上咬出一個圈狀傷口，減低葉肉組織內毒素輸送再取食，以求本身存活。於是野外爬森藤葉片常見一圈圈小洞，那便是初齡幼蟲的傑作了。待蝴蝶幼蟲成長至口器較發達後，便改以直接在葉柄處咬下大缺口，阻斷毒素輸送至葉片。飲鴆求存，是斑蝶一族常見的演化祕笈。也因此，斑蝶相對較不怕人。

近年來半島上多處山間聚落發展生態旅遊活動，優雅從容不畏人群的大白斑蝶，自然成為最易觀察與解說的對象，那翩翩飄飛的輕靈模樣，總能贏得諸多傾慕與讚賞。但相較於自由飛移的蝶兒，靜止的蝶蛹更易於觀賞，當地居民給予大白斑蝶的蛹「黃金蛹」稱號。那金光閃亮的蛹殼，當真不愧此稱號。

當「黃金蛹」出現明顯的蝶翼斑紋，即是羽化的信號。對常在墾丁野外活動的人而言，春夏季節遇見一隻初羽化正等待飛翔的大白斑蝶並不難，若說想見破蛹而出的剎那，則需特意等待。我曾在清晨的綠林守候大白斑蝶羽化，那是自日光乍現到早上十點的等待，等待者必須時時關注那蝶翼脈紋幾乎可見的蛹，因為每一寸光陰的移轉，都可能喚牠頂破蛹殼。當牠終於蛻殼而出，那初生的蝶體帶著便便大腹與縮縐不成形的翼團，而這捲摺的雙翼，接著便如西班牙舞孃的裙襬緩緩開展，直至翅翼撐平、開展成原初的數倍……那微風日影中的初生光景，是我記憶底永難抹滅的畫面。

花間穿梭的蝴蝶，雙翼多有不同程度的殘破。大自然中存在各種威脅生存的危機，天敵與風雨使得野外彩蝶幾乎無一得盡天年，蝶翼鱗粉的磨損或逃脫天敵捕食時翅翼的摧折，皆是彩蝶世界慣常之事。蝶翼滄桑，是歲月漸老或死裡逃生的符號，蝶族最終無一能倖免。即使身懷劇毒如大白斑蝶，也不免撞上蛛網，有一回，林間遇見交尾中的大白斑蝶，其中一隻黏上蛛網，另一隻則奮力振翅，終使伴侶脫離死亡之網，但那從網中逃脫的蝶兒，翅翼也殘破了。

那些雙翼殘破還依然辛勤採蜜與翩翩起舞的蝶兒，總教人特別動容。或許對自然生靈而言，存活本就是如此純粹的一件事，在生命終結之前，就是努力求存。但看在人眼底，就有一種特別的滋味。

濃妝淡抹各具風華的蝶族，是攝影者喜好追獵的對象，一日在山野間遇同事以鏡頭追逐黃裳鳳蝶，見我嘆道：「黃裳鳳蝶真的很難拍，動作好快，幾乎停不下來。」

「你前面就有大白斑蝶啊，優雅好拍。」對於我的建議，他回應以不屑的表情。若將各色彩蝶來比美，只以黑白二色妝點的大白斑蝶已能名列前茅，但這蝴蝶實在太容易拍，除了缺少征服感，也已經占據太多記憶卡空間，所以不引攝影者青睞。

但當我為野外調查而行走於林徑上，大白斑蝶身前身後飄移跟隨時，那款款而飛與你為伴的情境，總使人感覺宛如與精靈同在，套個時髦詞，十足是「療癒系」類群。即使在體力幾近耗竭的時候，遇此情境心上也會頓生無限美好之感。於是，每逢有人教我推薦觀賞性蝶種，我第一推薦的，總是大白斑蝶。

梅花鹿紅色警戒

風過原野，青草微動處，幾隻褐紅色底綴白斑的梅花鹿低頭啃食一地青綠，當天地間有微響便抬頭、豎耳，睜亮無邪的雙眼佇足警戒，見無欺近的危機，又低頭繼續覓食……這海角樂園般的景象，使人心底漾開一陣笑意。然而一經思索，笑意頓成煩惱。

在墾丁叢林穿梭二十年，以往於山林間偶遇梅花鹿，心底總有難以言喻的驚喜，我衷心認為，那人與鹿偶然相逢時的片刻相視，是大自然給予願親近者最美妙的禮物之一；而時至今日，每當行過草原發現數量日益繁多的鹿群時，心中卻泛起陣陣不安。這天我和部落夥伴吉成仔攜帶成綑的麻繩深入叢林，就為防阻梅花鹿破壞保育類蝴蝶的幼蟲棲地。

這些在墾丁地區日漸繁多的野地梅花鹿，有著與一般野生動物不同的身世。

消失與回歸之夢

梅花鹿原為台灣島上普遍存在的野生動物，棲息於海拔四百公尺以下的平原和丘陵間。然而歷經三、四百年的大量捕捉，及棲息環境因開發喪失，台灣梅花鹿於一九六九年在野外完全消失，只餘被馴養在民間和動物園的族群。當年梅花鹿的原屬棲所，如今已成人們活動的土地。

一九八五年一月，台灣政府為因應國際保育潮流，接受外國學者建議，開始進行「台灣梅花鹿復育計畫」，以台北動物園的鹿群為種源，於墾丁地區設置復育區，由墾丁國家公園管理處負責執行此計畫。當時學者評估梅花鹿於復育區適當的承載量為一公頃一隻。一九九三年，復育區的鹿群密度已超過每公頃三隻，鹿隻活動可達的範圍內，植物被啃食殆盡。此時，在復育區承載量、國際保育壓力及長官關切的考量之下，墾丁國家公園管理處與復育計畫的主持學者決定野放梅花鹿。

一九九四年一月二十三日，台灣梅花鹿首度野放，儀式由當時的內政部長與農委會主委共同主持。當身負宣揚台灣保育形象的梅花鹿自由奔躍向原野時，情境的確教人動容。然而，當時也有不少學者反對野放，他們憂心：被選為野放地的墾丁國家公園社頂地區，生長的是台灣獨特的高位珊瑚礁森林，在移入大型草食獸且無天敵控制族群數量的情況下，將會對生態系造成何等嚴重的衝擊？

高位珊瑚礁森林

墾丁國家公園社頂地區地質以高位隆起珊瑚礁為主，這片土地自海中隆起後，綠色植物的種子便隨鳥和風來到礁岩上，並力圖發芽與生存，在這幾無土壤、難以保水又崎嶇不平的環境裡，存活之艱難不言可喻。然而置身其間，卻會發現除了偶爾一塊陡峭岩壁裸露素顏，大部分礁岩都綴滿綠色生命，植物群落以草、以樹、以藤、以灌叢的形式，發揮最大的生命韌度織成一座鬱密森林；又因為落山風，森林被壓低，林中綠意交纏，形成難以穿越的生命之牆；而迎風、背風，崖頂、谷底，裸岩、淺土等環境因子的交叉組合，更構築了多樣化的生物棲所，提供不同類群的生物立足繁衍。

這樣的熱帶森林，孕育著獨特的生態系統，生命風格篇篇皆精采，一直以來便是台灣學術研究的熱點。而如此物種多樣共存的綠色基因寶藏中，或許也蘊藏珍貴

梅花鹿族群在墾丁國家公園野外已日漸繁多（盧冠昇攝）

設置保育類蝴蝶幼蟲棲地阻鹿繩籬

的醫藥成分，等待人們探索。

因為藤蔓阻路，因為地面崎嶇，大型動物在礁林中活動原屬不易，然而生命存活的決心總能克服環境險阻，被野放至鬱密森林的梅花鹿克服原屬平原和丘陵的適應，在崎嶇礁林中安靜生息。而礁林南端由畜產試驗所及居民栽植的牧草地，也讓棲息於礁林中的鹿群獲得覓食樂園。在這裡，梅花鹿沒有天敵，且國家公園內禁獵，除了屈指可數的野狗咬傷事件，梅花鹿在野地繁衍安全無虞。

星月流轉，落山風去來，墾丁國家公園管理處為執行「台灣梅花鹿復育計畫」，先後進行十四次梅花鹿野放，總計野放二百二十三隻鹿，範圍並擴及社頂地區以外的山林。至二〇〇九年，墾管處委託學者進行野地梅花鹿族群數量研究，推估數量至少八百隻以上，活動範圍多集中於社頂地區，其中礁林核心的高位珊瑚礁自然保留區，梅花鹿密度已達每平方公里九點七至四十九點六隻（日本於自然保護區或重要森林的鹿隻管理密度為每平方公里不超過五隻）。時至二〇一五年，墾管處推估野外族群量已逾一千五百隻。

暗夜探訪梅花鹿

座落在墾丁高位珊瑚礁森林邊緣的社頂部落，是現今與台灣梅花鹿棲地最貼近的聚落，近年來積極發展生態旅遊事業，「夜訪梅花鹿」便是部落頗受遊客青睞的生態遊程（夜幕之中鹿群較不畏懼人類接近）。這個早年「靠山吃山」的邊陲聚落，因生態旅遊發展有了對山林不同的利用方式，也轉而巡守保護當地生態旅遊資源，深受遊客喜愛的梅花鹿，更被選為代表部落的生物圖騰。部落中人談起梅花鹿，神情都顯得親暱。

吉成仔便是這個部落的人，成長過程如礁林植物般受到這片土地的考驗與雕塑，外表可尋見強風與烈日的鑿痕，在叢林中活動宛如穿梭自家庭園；因為生態旅遊發展，他成為我在當地保育工作上最得力的助手，巡守梅花鹿則是他常規的自發性工作。

這天我和吉成仔來到一處保育類蝴蝶的幼蟲棲地，檢視了之前設置的阻鹿繩籬，發現有斷落之處，樣區內出現梅花鹿的排遺及落毛，原本豐茂如氈的蝴蝶食草，因動物活動而出現土壤裸露現象。

「下雨時麻繩含水，鹿仔一撞就斷了，換棉繩會比較好。」吉成仔說。我則堅持麻繩較天然。

吉成仔一邊換新繩一邊又說：「我們部落快要不能做山地粽了，做粽子用的假酸漿葉子都被鹿吃光了，以前牠不吃的。」三年前，鹿也不吃我們正在設網保護的蝴蝶食草（含有有毒化學物質），然而當食物日漸匱乏，鹿群也只能一再地退而求其次。

森林更新停滯

我和吉成仔快速置換受損的繩索，因為偌大山林中尚有十餘處繩籬樣區需巡視。繩索換罷，起身環顧四周，繩籬之外的林下，幾乎一片光禿，植物小苗所餘無幾，且種類單一。不遠處兩隻梅花鹿自礁岩後方現蹤，瞠著大眼與人對望。

「真的很可愛，不過太多了。」扛著麻繩的吉成仔臉上流露出與粗獷外表不搭襯的溫柔，望著自己守護多年的梅花鹿說。

巡了幾處樣區，林下狀況均相似，繩籬之外處處裸土，令人不禁思索：原先存活於林下繁茂植物間的眾多生命，都哪兒去了？

十年之前，我開始於墾丁高位珊瑚礁森林進行稀有蝴蝶的生態調查，當時為尋幼蟲棲地，我和同伴必須披荊斬棘進入森林內部，而今森林底層已然空蕩，吉成仔調侃說：「妳現在才開始做調查的話，根本不用鑽，空空的。」

短短數年間，這片森林內部的變化，只能用「怵目驚心」來形容。生態系複雜的組成與運作猶如人體，各部組成需克盡其職發揮功能，並經由彼此間的回饋抑制、相生相剋，才能使整體健康運作。底層淨空的森林，前路將如何？

棘手的覓食問題

在樣區間移動時，遇見林試所恆春工作站的研究人員，她一見我即上前說：「管理處到底打算怎樣處理梅花鹿的問題？高位珊瑚礁自然保留區裡的小苗快被梅花鹿啃光了。」墾丁高位珊瑚礁自然保留區也是國家公園的生態保護區，因為梅花鹿啃食，林木小苗無法存活，森林更新出現停滯現象，在缺乏原生樹種小苗生長的狀況下，若遇颱風等因素造成大樹倒亡，之後搶先生長的極可能是銀合歡這類強勢外來入侵種，森林的結構可能面臨改變，長期在此區進行植物調查的研究人員都顯得情急。

森林是沉默的，即使幼弱生命流失，即使組成結構受威脅，一時之間也看不見抗議的儀式；然而當村里農作受到梅花鹿啃食與干擾，居民的抗議便排山倒海而來。

台灣梅花鹿在墾丁山林繁衍二十年，至今仍被農委會歸列為「家畜」，當地居民更存在「梅花鹿是墾管處放出來的」想法，於是抗議與求償不斷。民眾生計之事，總得優先處理，受梅花鹿干擾的牧草、農作，墾管處協助設置了保護圍籬。

「我們部落『夜訪梅花鹿』的遊程停了。」行至礁林南端畜試所牧草地時，吉成仔說：「他們把牧草都圍起來了，晚上梅花鹿沒辦法進去吃草，沒得看了。」一排望不見盡處的堅固圍籬立在草地邊緣，這也意味著從此梅花鹿必須在高位珊瑚礁森林裡覓食求生。

野生鹿群何處去

梅花鹿干擾農作的問題不斷發生，甚至造成車禍事故，研究人員也陸續反應鹿群危及高位珊瑚礁森林更新。二〇一三年底，墾管處保育課長接受新聞媒體採訪時指出：台灣梅花鹿復育的真正問題，現在才開始。

二〇一四年三月，墾管處邀集國內動、植物學者，共商現階段台灣梅花鹿經營管理策略，在現勘之後，學者一致認為社頂區鹿群數量必須控制。長期在這座森林中從事苗木更新研究的學者更鄭重提醒：「不是災難即將發生，是災難已經發生！」

當珍貴的高位珊瑚礁森林生態系面臨無小苗可更新的危機，寄居其間的生物不知消失幾何時，管理單位自然有必要對梅花鹿族群採行人為控制措施，以保護生態系統，況且生態系統若崩潰，鹿群也難以獨活。但該如何實際執行呢？如英、美、日那般開放狩獵嗎？（可以有經濟效益產生但會被指為不人道。）捕捉後結紮嗎？（需編列大筆經費，且山林野大可能無法有效執行。）驅趕、忌避使鹿群離開保留區的核心區嗎？（難道非核心區的高位珊瑚礁森林就放棄？）捕捉移送他處山林嗎？（恐將造成另一處森林的災難！）

到底消失了什麼？

在未能實際執行鹿群減量措施之前，人們也只能以各自的方法保護想保護的對象。於是我圈圍蝴蝶食草，牧草所有者圈圍牧草。

但當墾丁地區牧草地都設置了阻鹿圍籬，梅花鹿何處去呢？除了這珊瑚礁森林內部，能有何處呢？我不禁對正換置麻繩的吉成仔說：「多圍一層繩子吧，綁牢一點，我們下次換棉繩。」

叢林深處日光收得早，離開最後工作點時林中已昏暗，大地的心跳轉換不同的節奏，傳遞日行生靈將歇、夜行生靈將起的號令，蟬聲未絕處回望繩籬外的裸土——那裡，到底消失了什麼？

九歌文庫 1228

蝴蝶森林

作者　杜虹

攝影　杜虹、周大慶

責任編輯　張晶惠

創辦人　蔡文甫

發行人　蔡澤玉

出版發行　九歌出版社有限公司

臺北市八德路3段12巷57弄40號

電話／25776564・傳真／25789205

郵政劃撥／0112295-1

九歌文學網　www.chiuko.com.tw

印刷　前進彩藝有限公司

法律顧問　龍躍天律師・蕭雄淋律師・董安丹律師

初版　2016年7月

初版2印　2019年6月

定價　**320元**

書號　F1228

ISBN　978-986-450-068-0

國家圖書館出版品預行編目資料

蝴蝶森林 / 杜虹著. – 初版. --
臺北市：九歌, 2016.07
面；　公分.　-- (九歌文庫 ; 1228)

ISBN 978-986-450-068-0 (平裝)

855　　　　105009632